包拯在端州

谢健江 编著

端州历史文化

暨南大学出版社
JINAN UNIVERSITY PRESS
中国·广州

谢健江书法作品

序　言

包拯，人称包公，是我国历史上最出名的大清官之一，是千百年来清官的化身和代名词。他在北宋康定元年（1040）出任端州（今肇庆），任职三年，一举成名“包青天”，成为肇庆地方文化建设中不可缺少的重要人物。

《包拯在端州》一书，是在肇庆府志的基础上，用艺术语言和传奇故事编著而成的。书中的包公既是一位历史人物，又是一位传说人物。他的事迹，班班可考，各种史书、史料的记载大致相同，因此，他是一位不折不扣的历史人物。他又是近千年来在民间名气最大的古人之一，家喻户晓，成为替老百姓伸冤的正义之神，因此，他又是一位传说人物。包公“有功于端民者固多”。

一、包公在端州的形象是亲民

历代编撰《肇庆府志》的官宦或人物卷中，必有记载包拯。其中明万历十六年（1588）郑一麟、黄时雨主持编纂的《肇庆府志》十七卷《名宦》中所记载的包公就突出其三个方面的形象：一是审案断狱果断、有魄力，“（包公）知天长县，有盗割人牛舌者，主来诉。拯曰：第归，杀而鬻之。寻复有来告私杀牛者，拯曰：何为割牛舌而又告之？盗惊服”；二是清正廉政，“端土产砚，前守缘贡率取数十倍以遗权贵。拯命制者才足贡数，岁满不持一砚归”；三是体恤民众，为民请命，“寻拜监察御史疏请选广南知州”，“寻又奏请广南添差职官章再，上从之”，即后来志书上整理的包拯在端州期间的三份上疏：《请选广南知州疏》、《请添差广南职官疏》、《再请添差广南职官疏》。从包公的办案、为官、请命三项记录，突出了包公在端州的亲民性。

二、包公在端州的政绩是廉洁

明崇祯六年（1633）《肇庆府志》的编修者陆鏊在志书撰《包肃公奏议序》谓：“公生平性不苟合，未尝伪辞色以悦人。至于私牍于请，虽故人亲党，一切谢绝。人谓关节不到有阎罗包老。”清康熙十二年（1673）《肇庆府志》收录了明人张诩撰写的《宋包孝肃公新祠记》云："端之名宦，每以宋包孝肃公为首称，而公之善政每以清正为之本。观其自赋诗云：清心为治本，直道是身谋。可知矣。按史，公立朝刚毅，贵戚宦官为之敛手。平居无私书，故人亲党皆绝之。至比其笑为黄河清，又相目为阎罗包老。虽古之遗直，弗过也。虽贵，自奉如布衣时。遗戒后裔，出仕有犯赃者，生不得归本家，死不得袝祖葬，虽古之真清，弗过也。"可见，包公已经成为肇庆地方官员"善政"的写照！

包拯在任端州知府期间的政绩，散见于历代编撰府志中，人们甚至把后来肇庆官场的各种政绩都追溯到包公身上，"（端州）比年以来号为易治。政平讼理、囹圄空虚，公无负租，民安其业。虽有水旱疾疫，不为灾眚。牧长行宽平之政，幕宾尽佐理之方。是皆蒙公之泽囿"。当然，包公在肇庆期间为政造福的主要是地方百姓，他的功绩自然赢得了广大民众的缅怀，"（包公）官满归之日，不持一砚，其有功于端民者固多。至今非独端民称颂，普天之下虽妇人孺子无不知包待制之名"。包公以直言敢谏、公正严明、廉洁自律、关心民瘼为平民百姓所爱戴。

三、民间对包公的纪念是信仰

据清康熙十二年（1673）《肇庆府志》记载："端旧有祠以祀公，在郡署仪门之左。宋熙宁中，郡守蒋续新建，其后修废不一。皇明成化乙酉，知郡事黄瑜始疏入祀典，岁春秋，飨以少牢之礼。宏治甲子，总督都宪潘公以祠限郡署内，凡东西往来瞻谒者弗之便也，乃委郡守黄侯于郡署外之西百步许，相地而改祠焉。"可见，从宋代开始，肇庆官民就已经修建了祭祀包公的祠庙，元代也继续维护包公祠，时人王揆撰写了《包孝肃公祠记》。明代官员不仅重建包公祠，还上书请求将包公祭祀纳入国家正祀范围。明代为了方便民众的祭祀瞻仰，又将在署衙内的包公祠移到署衙外，重新建立新的包公祠。黄瑜在上"请祀宋守包孝肃疏"中强调包公"有功于民，则祀之"，"考之碑石，前代有祭。今历年久，祠宇虽在，祀典不闻"。恩请"乞勅该部计议，合无每岁于春秋仲月支给官钱买办牲醴，择日致祭"。并恳请"降与仪注祭文，刻石永为令典"，树立起来的是代代相传的贤臣标榜，"不惟前代贤臣有功于民者，得庙祀于无穷，将使今日与后之任郡邑者有所感发而兴起矣"。包公祠在清朝亦有多次重修，康熙九年（1670）知府史树骏重修，康熙五十五年（1716）知府宋志益重修，嘉庆六年（1801）知府杨有源重修，道光十一年（1831）知府珠尔杭阿重修。

志书所载的多次修建包公祠，除了表达对包公的怀念之情外，更多的是在民众心目中建立起包公的形象以勉世人。这在明弘治十八年（1505）修建包公祠时体现得尤为明显，“夫今昔生民之不幸也，莫甚于官吏之贪，亦莫甚于政刑之弗平。盖贪则朘民膏血而凋瘁其本矣，政刑勿平则赋敛繁而下疲于供应，法网密而民无所措手足矣，生意沮而廉耻丧，礼让衰而盗贼起。……则以之而正心，治人孰谓其不可哉”。可见，修建包公祠，赋予包公祠更多的文化内涵，已经成为明清时期肇庆地方文化建设的重要工程之一。

明清时期，肇庆官民为了纪念包公对地方的贡献，还对包公在端州期间使用的许多物件加以命名，并进行保护，如包公井、包同堂、菊圃、洗砚池，其中包公井在府厅之东，宋康定年间为包拯所凿，其水清冽；包公堂在中和堂后，包拯守端州有廉声，后人因筑堂改名孝肃；菊圃在府厅西，包拯建行十数；洗砚池在府治西北，亦为包拯所凿。

四、包公文化的传承在府志

历代仕宦在肇庆任职期间，有感于包公事迹，多去参拜包公祠等地，也留下了许多祭拜包公后的感受和诗词歌赋，如：“关节无由到，阎罗一老夫。昨宵风雨过，霹雳是龙图。先生事宋主，车马未尝喧。报国无他技，酬恩只片言。古庙多阴雨，端人奚恋兹。不持一砚去，能弗令人思。一砚不持去，端人前祀之。岂知千载后，犹听哭声悲。”

明人胡经撰写的七言律诗《包公祠》：“清风祠下客三宿，碧草庭中月二更。太守功名此溪石，两间正气一江城。潮声夜静蛟龙吼，树影秋空斗柄横。苹藻可招魂不返，鹤猿吟处露萃明。”崇祯年间的《肇庆府志》编撰人陆鏊、区怀瑞特为《包公井》赋予了诗词。如陆鏊《包公井》：“喻清于水洌于泉，无意垂名名自传。民德式歌初凿日，吏情无染再疏年。春浮大地轮温玉，月映澄渊微二天。多少亭台时鼎革，独占用汲古堂偏。”区怀瑞《包井水清》：“一脉源流几穴成，使君深泽遍端城。霜凝碧甃银床净，日照寒泓玉鉴清。光映水壶侵座彻，气凌梧叶藉阶平。县来一砚清操励，遂使甘泉有令名。”

包公作为历史上的公众人物，历代以来都受到官民的推崇。《肇庆府志》记载的包拯基本上是素描式的记载，并没有说包公在端州期间做过惊天动地的大事，但他实实在在地为民服务，因而赢得了民众世世代代的怀念。

五、包公故事的依据是生活

在肇庆民间流传的包公故事较多，他铁面无私、执法公正，替民伸冤除害，深得人心。如因地制宜，挖井汲水防治病；开创桑基鱼塘式农业雏形；创建端州交通和邮政总站，创办端州公立学校；设立储粮备荒的谷仓——丰济仓。这几件大事，是包公为端州成为西江中下游政治、经济、文化教育中心而做的筹划与贡献。包公主政端州期间，还促进了汉民族与少数民族的共同繁荣，加强了中央与地方的关系。而在端州流传最广的一件事是包公对献给皇帝的贡品，实行限额开采。包公在端州不仅政绩突出，还留下了一些不可多得的文化遗迹。其中，七星岩的题字是现在仅存的包拯手迹，弥足珍贵。所有这一切形成了独特的包公故事。

本书分“亲民”、“勤政”、“廉洁”三部曲，写就包公在端州所展现出来的“包青天”形象，这正是百姓期待、社会需要的清廉形象。包公已升华为公理与正义的象征、文化交流的纽带，对今天的法治建设与廉政建设不乏学习、借鉴意义。

伊建基

2014 年 4 月

（伊建基，肇庆市端州区政协主席）

前　言

亲民、勤政、清廉的包拯

2013年，我在肇庆田家炳中学讲了一堂课，课题为“亲民、勤政、清廉的包拯”。不少同学说，这是新鲜故事，头一次听说包公在端州的故事，颇有意味。在同学们的心目中，在电视、古书里所耳闻目睹的包公只是一个判官，而对包公在端州的故事并非在“耳濡目染”中就能得到。

包公是端州人对包拯的尊称。如果从文化的角度研究，包拯是一个历史人物，而包公则是代表着清官文化的形象。文化是一种社会现象，是时间的积累，是人们长期创造形成的产物，是能够深刻影响人的一种精神价值。在社会发展过程中，包公形象、故事和精神不断沉淀、积累，形成了人们所要研究和传承的包公文化，其内涵有机地统一于被固化了的形象之中，又在历史的延续中不断扩展和丰富。民间流传包公在端州的故事也就这样形成了。

端州是包公为官施政之地，也是包公精神、包公思想、包公文化发祥和光大之地。包拯在端州的事迹，班班可考，但由于历史原因，肇庆自古缺少相关图书和宣传，未能很好地将包拯在端州真实的故事、民间的传说广为流传，使之家喻户晓，没有出现“包公热”，可谓包公文化之缺憾。因此，在挖掘包公历史文化资源时，我的态度是从故事信息入手，加强挖掘和整理，找准文化名牌效应的突破点，进而发挥宣传辐射作用。力求根据不断推陈出新的包公“史影”，以通俗的、大众化的形式整理成书，目的是让学生看得懂，了解包拯在端州的为人处事。虽然内容芜杂，但是作品的主题基本不变，重在赞扬包拯的公正廉明、为民做主，以及他在广大民众心中的巨大影响力，链接着端州不断发展的包公文化。

为什么端州能够产生包拯这样清廉的人物呢？我认为，宋代的厚禄制度（高薪养廉的政策），使得官员无后顾之忧，贪污的情况确实比别的王朝要少；当时包拯任端州知州，就州官的职责而言，包括司法、税收、治安、教育、公共工程、邮驿、风俗礼仪、社会福利等方方面面，因此有人称其为“一人政府负责制”；据说，对清廉的要求，宋太宗亲自书写十六字《戒石铭》：“尔俸尔禄，民膏民脂。下民易虐，上天难欺。”令全国各州县勒石立碑，又称“天语亭”。也许基于这几个条件，造就了端州的包拯，也造就了包拯的故事。在故事之中，我发现包拯不仅清廉，而且亲民、勤政。

一、包拯亲民之心

端州是包拯的亲民之地。从根源上探讨，包拯在端州的亲民，是从重亲情产生的。他初考中进士，被授为大理评事，出任建昌县的知县。因为父母亲年纪都大了，包拯辞官不去赴任。得到监和州税的官职，父母又不想让他离开，包拯就辞去官职，回家赡养老人。几年之后，他的父母亲相继去世，包拯在双亲的墓旁筑起草庐，直到守丧期满，还是徘徊犹豫，不忍离去，同乡父老多次前来劝慰勉励。过了很长时间，包拯才接受调遣，出来做官。朝廷封他“孝肃”称号，指包公以孝为先。为孝顺父母，他甘愿辞官，留在家中奉养父母。这种行为在当时甚至到现在都是难能可贵的。

从思想上探讨，包拯讲，民是国之本，所以要安民，然后亲民。如何安民呢？就是不让老百姓负担太重，让人民休养生息。如何亲民呢？最主要的是他下令大开端州中门，接待老百姓，叫他们有什么委屈尽管说，不要害怕。想不到当时的上访竟会如此方便！古代有不少衙门存在着“门难进，脸难看，事难办”的官僚作风，但是包拯没有，他既能秉公执法，待人又极有人情味，还做了很多为老百姓谋福利的好事。当时的北宋，曾根据财产的多少将民户分成五等，第四、第五等是最困难的，包拯为他们争取权益，可以说倾注了一片爱心。他认为，一个真正的爱国者，怎能不热爱自己的人民呢？

从行动上探讨，包拯亲民不是停留在口头上，而是落在实际行动当中。按照宋代官僚的体系，实行“长官负责制”，州县官是最亲民、最接近百姓的，也是最辛苦的。北宋进士吴奎的《包拯墓志铭》有 51 行刻文、220 多字，虽说这只是残篇憾文，但通读下来，不仅有对包公一生经典的评价，还有大量生动的故事，甚至把许多故事的细节都做了绘声绘色的交代，其中“端州为民掘井取水”，就是记述包公生平政绩最真实可靠、翔实生动而又最具权威性的一例。

二、包拯勤政之风

端州是包拯的勤政之地。包拯做端州长官，特别关注贫苦百姓的生活情况，他注重调查研究，并亲力亲为，勤政就是最好的为民体现。

古人认为当官之法，“律己以廉、抚民以仁、存心以公、莅事以勤”，就是官员本身要清廉，不贪污受贿；对百姓要有仁爱慈悲之心，体察民情，为民造福；处事要公正无私，不攀附权贵，不虐待百姓；办事要勤奋，不懒惰，不懈怠。

包拯在端州从政时，上距太祖开国已有七十年，建国时期的那种勃勃生机、励精图治的风气，正在逐渐消失。吏风颓败，法令松弛，特权猖獗，土地集中，赋税繁重。而文武官员又大多置国家利益于不顾，只顾贪图物质利益和精神生活的享受。包拯看到了北宋广大底层百姓在水深火热之中挣扎的触目惊心的社会现状，激发了他一腔济世扶危的热血，如果再不勤政，就真的民不聊生了。

据肇庆方志记载，端州留下的包拯遗迹、遗址是全国最多的。据统计，有挖掘七口包公井、治理后沥水、开放端州州衙、走进富民坊、开辟厢军巡逻营之草场、拓展麦仔园、筑建丰济仓、建城西崧台驿、建星岩书院、建宝光寺、建文昌宫、掷砚成砚洲、题字七星岩，这十三处弥足珍贵的遗迹和遗址，显示了包拯在端州的勤政。史书中，特别记述了包拯在端州勤政的五件事：一是抓农业建设，因地制宜开创了珠江三角洲桑基鱼塘式农业的雏形，并设立了一座庞大的储粮备荒的谷仓——丰济仓；二是抓教育事业，创办了端州第一所公立学校——星岩书院；三是抓通讯交通，创建了端州第一个交通和邮政总站——城西驿；四是抓医疗生活，在加固西江堤围、防止洪水灾害的同时，在城里挖了七口“包公井”，让居民喝上干净的井水，不再因喝脏水生病；五是抓司法管理，惩治贪官污吏，经他整顿之后，衙门里没有积压的案子，监狱里没有呼冤的犯人。

包拯把端州从一个军事城堡，建设成一个以定居式农耕经济和广府汉族文化为中心的教育基地、港口城市，政声斐然，实现了“能尽心敢救天下之弊，敢当天下之责者”的承诺。

三、包拯清廉之名

端州是包拯的清廉之地。包拯在端州三年的时间中，究竟又是如何让他以清廉闻名于北宋的官场，甚至得到了皇帝赞赏的呢？我认为，包拯的廉洁和端砚有密切的关系。端州生产名砚，以前的州长都是多征一些贡品，而包公“不持一砚归”，成就了他的“清廉”之名。在当时看来，确实很难能可贵；在今天看来，也是令人敬佩的。一州之长，不多征一砚，又不持一砚归，虽是小事，反映的思想境界却很高，他的清官美名就从这里开始传扬开来。

包拯对自己严格，对家丁也严格要求。宋政府对哪一级官员能带多少名长随家丁作出了明确规定，如果官员对他们失于督察，一则会失去当地士绅百姓的信任，落得一个极差的口碑，二则家丁们闹出事来，官员有不可推卸的责任，到头来乌纱帽难保不说，还可能得个革职查办的下场。因此，建立自己的“廉洁班底”，就显得十分重要了。尽管制度上是以官统吏，但官员事务繁重，不可能对所有的书吏一一监督，比如各种繁杂事务，不可能由长官一个人来完成，必须有“代官出治”、“佐官出治”之类的人来处理，这就需要清正廉洁的群体。

“堂上一点朱，民间千滴血。”包拯清正廉明的诤臣形象已经深入民心，也影响了一代又一代有良知的官吏。其后端州（后称肇庆）担任府县的主管官员，都很热心地修缮包公祠，而且大多都能廉洁自律。这些行为举止，都展现了浓郁的包公文化的丰富内涵。同样，肇庆最大的宋文化特色就是包公，他是肇庆人民的处世楷模，又是肇庆人民的精神支柱。因此，肇庆的包公文化影响非常深远。可以说，肇庆是包公廉洁文化的摇篮。

老百姓爱戴包公，是因为他能主持正义，不畏权贵，为民申冤，为民造福。后人根据他的形象编了故事，除了有人民的想象力、创造力一面以外，还受“清官代言人”的影响。其中有一则“泪洒砚山”的故事，取材于真实的历史，但是作了大量加工，体现了包拯亲民、勤政、清廉的主题：

北宋年间，四十二岁的包拯来端州任知州。端州盛产端砚，有的州官为了贿赂其他官员，增加贡砚数量，加重石工负担，民谣传：“端溪石头多，石工苦最多，自从有贡砚，百姓砸了锅。”包拯看着办公用的一方端砚，百感交集，民谣是警醒自己啊！于是沾砚磨墨，挥笔写下表明心志的《书端州郡斋壁》：“清心为治本，直道是身谋。秀干终成栋，精钢不作钩。仓充鼠雀喜，草尽狐兔愁。史册有遗训，无贻来者羞。”

为何石工苦最多呢？包拯决定登砚山调研。光身汗渍、蓬头垢面的少年，搬石刚爬出坑道，很疲惫地喝着山水。几个刻砚石匠苦着脸，手指都变了形，手掌粗糙得像松树皮。一个瘦骨嶙峋的老人在茅棚前生火煮杂粮。包拯巡视了一会，便躬身钻进洞坑，仿佛走进了寒气袭人的世界。只见采石工打着赤脚、光着身子，有的用瓦罐汲水淘出洞外，有的把油灯放在胸脯上，平躺仰着开凿石料，有的在拖运石头……

石工稍憩了，与包拯相视良久，发现包拯的衣服脏了，脸也黑了。包拯招呼着：“大伙辛苦了，我带了些酒菜一块吃吧。”

大伙默然无声，无动于衷。包拯把一大碗烧酒端给老人。老人不知是惊恐，还是感动，哆嗦的手不停地抚摸着酒碗，一股热泪从面颊流下，哽咽难语。包拯从身上解下一块布，替老人轻轻擦去泪水；再看大伙身上无奈的旧伤疤，脆弱的新伤痕，泪水悄然盈眶。他说：“大伙都喊一声吧，喊一声什么都好了。”

一个壮汉看在眼里，凑上前来，端起老人喝了一口的烧酒，一仰头，喝了个精光，倏尔，长长地大喊一声，心底的薄冰开始融化。接着，大伙一起冲着西江放声大喊：“啊——”那声音撕心裂肺，久久在大山间回荡。

“你们的声音就是我的声音……”从此，包拯审案时的声威天下，就出自石工的底气。随后，包拯发布州令：端砚只征贡数，不得加码。石工有了好日子，都称包拯为“青天”。

时光过得飞快，包拯任期届满，调离端州，临别之时，他深深地看一眼《书端州郡斋壁》，掂量一下办公用的端砚，吩咐包兴将所有物品摆放好。

包拯离别，官船沿江而下，当驶近砚山峡口时，顿然行雷闪电，狂风大作，暴雨倾盆，惊波骇浪。行船几十年的老艄公从来不曾经历过这样的场面，他在心底猜测：包青天为何这般令风怒雨怨呀？包拯传令停航，检查船上物品，看是否有人夹带赃物。

一查并未发现赃物，再查亦无结果。这时包兴幡然醒悟，拿出包拯办公用的端砚：“大人，我错了。”包拯皱起眉头说：“端石一斤，价值千金。”他打开黄布裹着的端砚，走到船头，仰望砚山，冲云贯雨地说：“端砚是端州人民的财富，我在此归还了。”说罢，把端砚向着砚山抛去。砚落江心，刹时风平浪静，露出青天。

于是，民间就流传“万民景仰颂青天，一砚不持留圣迹”的故事。

我个人认为，包公是一位跨越时空的历史人物，不论海内海外，只要是中华文化传播得到的地方，他始终是民间知名度最高的古人，是黎民百姓呼唤清官与盼望治世的精神寄托，是集中体现秉公执法、一身正气的精神力量，是民间最具号召力的公平正义的化身。正由于肇庆有这样一个历史人物，我们完全有能力以包公文化为载体和纽带，打造一台好戏，利用自己的资源去传播、讲述和演绎包公文化的精髓。

谢健江

2014 年 4 月

目　录

为民亲民　重在安民

为政善政　时刻勤政

为官做官　民颂清官

附　录

为民亲民　重在安民

亲民，即是亲近安抚黎民百姓之意。官府对百姓要像春风细雨一样，亲善温和。这是因为官与百姓是紧密关联的。正如后人有一联所言：“得一官不荣，失一官不辱，勿说一官无用，地方全靠一官；吃百姓之饭，穿百姓之衣，莫道百姓可欺，自己也是百姓。”

千里上任 赴瘴乡恶土

话说宋康定元年（1040），正是宋仁宗赵祯当朝。正值冬春之交，四十岁出头的包拯“复官”后，以京官殿中丞（相当于今天的中央办公厅秘书局局长）之职，从千里之遥的天长县（今安徽天长县），来到广东端州任权知军州事（宋以朝臣充任各州长官。“权知”意为暂时主管，“军”指该地厢军，“州”指民政。州官地位正五品官阶，军分区司令兼市长）。“知州”为三年一任，不能连任。

当时端州管辖的相当于现在高要、高明、德庆、罗定、四会等县。在古代这里“地属百越，人称南蛮”，是中国古老的原生民族，有“水疍山瑶城汉”之称。端州置地，雄居西江，可谓通江达海，是人们生活的好地方。但在过去，这里并不是什么富庶之地。

有个成语叫“瘴乡恶土”，说的就是古端州。唐代天成年间，有个叫袁逊的人志于功名，想到京城求得一官半职。但是，他在京城滞留了几年，最终一事无成。后来，有知情者推荐他为端州巡官（巡事员），想到此地为瘴乡恶土，他实在不愿意去。可是人穷志短，无可奈何之下，他上任了，还不到一年工夫，他的亲人都死了，只留下他憔悴一人，于是他抛弃官职，跑去做和尚了。可想而知，端州的贫瘠和落后实在叫人难以生存，且瘴气、瘴疠流行。包拯任职端州时也说，“岭服之表，地最遐僻，俗性犷悍，易动难安”。

包拯在二十九岁考取进士。当时科举制度的完善使平民阶层的读书人可以一步跨入官僚阶层。包拯得益于“兴文教，抑武事”的宋代，科举制度的黄金时代为他开辟了仕途。取士不问家世，三岁一贡，发乡、省、殿三级考试，通过锁院、糊名、誊录，分科取士。包拯经过在天长县的三年磨炼，于宋康定元年（1040）升为殿中丞，调任端州。

包拯为什么会到端州做官呢？原因是“朝中冗员，岭南缺官”。当时，广东称广南东路，州县官员一是不足，二是不称职，有十多个州都缺少官员任职。于是朝廷便派包拯前来赴任其中一州。

宝元二年（1039）正月，审官院向宋仁宗递交了一份任免官员的报告。宋朝原来的制度是京朝官到审官院报到后，由审官院指定全国三个路分作官员选择的去处。自从景祐四年（1037）开始不限路分，官员可以任意挑选任官的地方，因而一些偏远地区往往无人愿意去做官，即使审官院强行差派，所派之人也常常拒不执行。因此，审官院建议朝廷颁布任官新法，从今以后仍由审官院为京朝官指定所去的三个路，如经过三次征求意见后，所派官员仍不愿上任，则由审官院强行裁决。宋仁宗批准了这一报告，并颁布了任官新法。

包拯的个性是“我不入地狱，谁入地狱”，差遣到端州，有什么好怕的？于是，这一年冬春之交，包拯便携带妻子董氏和九岁的小儿，舟车劳顿地赶来端州。一路上，包拯的心情是：

民忧即我忧，万家冷暖心间放；
我苦毋民苦，一路冰霜脚下融。

相传，包拯不是一般人，而是文曲星下凡。据说，包拯的母亲在即将临产的时候，他的父亲包令仪做了一个梦，梦见一只猛虎向他扑来，他惊醒之后非常吃惊，感觉这是一个不祥之兆。包拯出生的时候，全身漆黑而且不哭不叫，非常怪异。包拯的父母在惊疑之中，竟然把小包拯扔到了家门口的池塘里。当时是夏季，池塘里长满了荷花，包拯被荷叶托住而没有掉进水里。恰巧包家的长嫂到池塘洗衣服，看到了荷叶上的小包拯，就偷偷抱回家中，并抚养长大。于是有了包拯视“长嫂如母”的说法。

其实，包拯之母生包拯时年事已高，其乳母为其嫂子，因此包拯懂事之后呼其嫂子为嫂娘以表示其既是嫂子，也是娘亲之意。包拯因天生面目黝黑而被父母取名为“黑子”。读书时由其师予名“拯”及“文正”，希望他为人正直，能够拯救百姓于水深火热之中。

包拯在二十九岁时考取进士，被任命为大理评事、建昌县（今江西永修县）知县。然而，恋家的包拯舍不得离开父母，便奏请皇帝派他在父母身边任职，于是他改任为和州监税，即在合肥邻近的和州市政府管钱粮和税收。包拯回家报喜，结果其父母既不愿意放下合肥的家业去适应新的生活，又舍不得包拯独立门户。包拯看二老年事已高，自己又是根独苗，索性把官给辞了，安心在家陪父母。包拯甘当“宅男”，这一当就是十年有余，二老离世后，他守孝三年。守孝结束，他仍然没有做官的打算，不愿离开父母的灵地，又在家里呆了两年，“墓旁孝子”这件事孝感动天。

两年后，在乡亲邻居苦口婆心的劝说与鼓励下，包拯才决定离开家乡，正式踏上仕途之路，他真正意义上的第一份差事是在当时的天长县。三年之后，包拯就与端州结缘了，正如有古衙门联写道：

与百姓有缘，才来此地；
期寸心无愧，不鄙斯民。

遮颜过市 伏贼也无奈

话说包拯到达端州境地那一天，州县之中的大小官员和百姓，迎着春暖乍寒的凛凛江风，都跑到西江边的迎恩坊码头迎接。当中有更多的人是看热闹，想看一下这个当时最富传奇色彩的人物，在天长县智破“牛舌案”的包拯是什么样子的。

因为传说中的包拯，形态怪异，额头上有一道月牙，在天长县智断牛舌案，令人惊奇。包拯在天长县衙任职时，有个农民来告状，说坏人割了他家的牛舌头，请求捉拿凶手。这就是史书称的“牛舌案”。虽然这是一宗个案，但严重影响农耕生产。包拯通过调查研究后，想出个“金钩钓鱼计”。他对原告说：“牛舌被割，这头牛必死，你回去杀掉这牛，卖肉赚钱吧。只是不要声张，更不能说是本县叫你杀的牛，如此案就不难破了。”那位农民一听，吓了一跳说：“包大人，牛舌虽无，牛还未死，杀耕牛是违法的。”包拯说：“本县给你做主。”于是原告回去把牛杀了。果然，有个人见原告宰杀耕牛，立即到县衙告状了。包大人升堂，一拍警堂木，猛然怒喝道：“大胆狂徒，为何先割牛舌，又来告人家私宰耕牛？如此可恶还不从实招供。”罪犯一听，以为事已败露，十分惊恐，又怕刑杖之苦，只好招供认罪。这就是包拯神算而断的第一个案件。

有人把包拯绘声绘色地渲染了一番。所以包拯升任州官，人们自然先睹为快。可是，人们在迎恩坊码头等待了一天，并不曾见到“额头上有一道月牙”的人。最后，有衙差通报，包拯已在城衙里。为此，官员感到吃惊，百姓觉得奇怪。

原来，包拯个子不高，却端庄清俊，仪表堂堂，大耳下垂，和善可亲。他下船上岸进城，与普通百姓没有别的不同，只是身穿布衣，头上多戴了一个草帽。随行若干人都是老百姓打扮，分批下船。人们只顾看官服，不看布衣，加上“破帽遮颜过闹市”的打扮，因此无人知晓。包拯就这样不扰百姓地进城了，还在城里转了半天呢。

初到端州的包拯，心情很不好，因为端州的“环境”超出了他的想象，交通不便，河汊遍布，城不像城，村野散落，人口稀少，根本无法与东京（今开封）、洛阳等繁华之地相提并论，就是和他居住过的天长县也是不可相比的。

随从包兴关切地对包拯说：“大人，我们已进入端州城，您身上穿这件布衣不像样，应该换一件官服吧。”“用得着吗？在端州没人认识我。”包拯毫不在乎地回答。这时，包拯见街边一个乡下的老婆婆在摆卖几把灯盏菜，他不知道这种野菜有什么用，便问是否可以用来充饥。老婆婆说了灯盏菜的几种用法，如灯盏菜煮肉汤，简单易做，味道不错。包拯很感兴趣，一边与老婆婆聊着，一边仔细端详灯盏菜。

这时候包拯的身后一直跟着一个贼人，潜伏在他与包兴的身后，希望趁这两个外乡人不注意的时候捞点好处。可是贼人等啊等，过了好半天，就是不见包拯站起来，还在不停地与老太婆说灯盏菜。贼人大怒，走过来说："生灯盏菜可治红眼病。"贼人又说："将生灯盏菜与盐水煎，待药液沸腾时将煲盖揭开，让蒸气熏蒸病眼，气无再煎再熏，连续几次。然后，将药渣与汤服下，连用两三天可愈。真笨！"说完贼人扬长而去。

贼人是很聪明，至少比包拯更熟悉灯盏菜的用法，但是他只能成为贼，而包拯却成为体察民情、让百姓都钦佩的人。后人为此事写有一联：

与天下之忧同忧，该忧则忧，莫过杞人忧天；
共天下之乐同乐，该乐则乐，自有民间乐趣。

拒绝赴宴　取名得裹蒸

话说端州，一般在春节前的年廿八就备足丰盛的食用之料，待过"除夕"。当时，端州衙门有一位姓梁的勤务兵，是本地人，专门为包拯的生活做后勤服务工作。为了让初来乍到的包拯在端州过一个好年，他特意叫父亲准备了一些酒菜，非常诚恳地邀请包拯一家人在除夕夜到自己家里做客。包拯慎独慎微，拒绝赴宴。

勤务兵说："端州产鸭，我家母会做三杯鸭、酱油鸭、红烧鸭，包大人您就来尝试一下南方的菜色吧。"包拯说："你的一番好意我心领了，也多谢你家里人。但是，我真的不能接受你的邀请！我现在做州官，今天你邀请，明天他邀请，后天人人都来邀请，这样一来，我就变成一个贪食之客了。廉者，民之表也；贪者，民之贼也。因此，我是决不能接受你的邀请的。"

勤务兵无计，就告知父亲。梁父点头称赞包拯是一名好官。吃吃喝喝拉关系必然影响公正执法。在今天看来，立身清正、待人严谨是有借鉴意义的。

为了见一见这个好官，梁父就带上一些端州人喜欢的大"粽子"作为手信

（粤方言，意为“礼物”），与儿子一齐送到包拯家里。这时候，包拯不在，只有包拯妻子董氏在家，董氏当即拒收。推让再三，梁父执意要董氏收下手信。待梁父走后，董氏将大粽子挂在厨房的木钩上。包拯回来后知道了送粽子这件事，就叫勤务兵通知梁父过来。包拯把梁父带到厨房，指着木钩上的粽子说：“梁老，我不是神，你不要用粽子来敬我呀。请你都拿回去吧。”

梁父甚感羞愧地说：“大人，这不是敬神的粽呀。我们只当作团年饭吃的呢。”包拯问，不是粽又是什么？梁父解释了一番，接着念起一首诗：

外包棕叶三两片，糯米绿豆放里边；
猪肉芝麻五香料，裹好扎牢蒸半天。

说完，梁父解开其中一只大粽子，让包拯品尝，包拯只是细心地看了一下，并没有品尝。他叫梁父把粽子包好、裹好拿回去再蒸，留待家人共享。董氏在一旁看不过眼了，就说，哪有将好端端的粽子打开了不吃，又叫人裹好再蒸的道理？

“梁老，这个留下，我要了，我给钱。”董氏边说边给钱，梁父不肯收。董氏说，你不收钱就将这些包好、裹好一块带回去。梁父只好收下了钱。

包拯笑着说：“这不叫‘粽’，那叫什么呢？那应该有个名称吧。难道真的是‘会生仔不会取名’，没道理吧。”

梁父一想，说：“也对呀！就请包拯给它取个名吧。”包拯说：“梁老，您那首诗不错，‘裹好扎牢蒸半天’，就叫‘裹蒸’吧。”梁父一听，瞪大眼睛，一个劲地说，好呀，“裹蒸”这个名字好。

包拯吃过裹蒸之后，大赞它味道不错。于是他对董氏说：“我看‘裹蒸’这个做法不错，你过去梁府，跟梁老家人学一下包‘裹蒸’，也让咱们共享。记住了，是要交学费的呀，不许占半点便宜。”

董氏恬静寡欲，生活俭朴，待人和善，从不以势自居，见他人有难，还乐于慷慨接济。她满心欢喜地跟梁氏家母说：“听从我家相公吩咐，过来学包‘裹蒸’。”梁母是头一回听“相公”二字，觉得很新鲜也很奇怪。“老公”听说过，“相公”真没有。梁母就问董氏：“‘相公’是‘包公’吧？”这一下子让在座的人都乐开了。

此事传开之后，端州的百姓无不称赞包拯是好官，并且把包拯尊称为“包公”。包公之名传开了，“裹蒸”也出名了，也再无人敢给包拯送礼了。《包公墓志铭》说：“宋有劲正之臣，曰‘包公’。其声烈表爆天下人之耳目，虽外夷亦服其重名。”

放低官架　五马尽归槽

话说包拯初来乍到，春节期间，家家户户都在庆贺新春。官爷们都以为按惯例可以休 15 天长假。谁知，包拯在大年初八那天就召集各处州官县官来州衙开会，听取各地情况汇报，弄得州县上下加班加点，忙于应付。

汇报是听了，但包拯觉得这群官员也太会吹水（粤方言，意为“吹牛”）了，要是端州都像他们所说的“邑小事稀，官不必备”，就不会出现“杀人祭鬼”的奇怪现象了。于是，包拯决定下乡调查研究，也就是“出巡”。

这一天，包拯和同知（相当于今天的副市长）严守冠等五人骑着五匹马，沿着西江边绕城外巡视。由于受端州地理环境局限，骑马必须经过坊村人家的门口。看着朝廷命官骑马过来，耀武扬威，免不了引人眼红妒忌。端州这里骑马的，大都是有名有分、颇显富贵气的人物，或者是出外公干之人。于是，有人在马行必经的路上撒上牛粪和柴刺之类，以阻挡马匹过快进入村落，造成“马踏鸡死”的事故，逼得骑马人小心而行。严守冠说，这些村民的确是够刁蛮的。

包拯干脆下马步行，入村了解民情。以事论事，包拯问端州人为什么不喜欢骑马人。有村民说，从前北岭山下有个寨子，寨主姓马，他有四个儿子，老百姓称它为“马家五恶”。马家有钱有势，家里养了一批家丁。他们仗势欺人，独霸一方。客人路过这个山冈，都要向马家交纳买路钱，一些过路的良家妇女更是遭受戏弄侮辱。百姓无比愤恨，但又无可奈何。

村民又说，恶有恶报。一天，六祖惠能与一个和尚云游经过这里，马家照例向惠能要买路钱，和尚因对马家欺负老百姓的事早有所闻，便说道：“要钱一文也没有，要命有两条。”马家五父子见和尚不肯交钱，便大打出手。和尚只好还手，一阵混战后，武艺高强的和尚将马家五父子全部杀死了。马家父子死后，六祖惠能为马家做了章事（一种祭奠形式），并说道：“五马应该归槽了。”但是，村民们一直以来还在谈“马”色变，怕阴魂不散而“闹鬼”。

此时，包拯等人骑的马在嘶鸣，包拯便将五人骑的马全放了。为什么放马呢？包拯为百姓着想，既然百姓对骑马的人怀有“耀武扬威”之忌，我们做官的就不要骑马在百姓头上作威作福了。况且，端州河汊较多，出入用船还是挺方便的。

放走的那五匹马，发出“呼呼”的声音，猛冲过跃龙沟，继续奔腾，一冲就冲到舜帝曾经奏乐的北岭山外的西江边。此时，马身突然蜕变为石，即现今的

“五马归槽”一景。

据传，明太祖朱元璋得了天下之后，为了巩固其帝业，曾派人遍游天下，专门破坏所谓“真龙穴”的风水。有个执行官来到肇庆，在当年包拯放马归槽的地方，筹思破坏这个“五马归槽”的穴道，忽然，土地公破土而出，声言此地不能破，否则江山长不了。“山形物像真，自有一乾坤。”说的是端州风水好。

但执行官还是把“五马归槽”动了，变成“一马回头”。后来，端州果然只出了一个南明永历帝朱由榔。后人吟咏“五马归槽”诗云：

五马渡江一马龙，童谣曾北晋辙东。
推蓬见山马亦五，虽不浮渡姿皆雄。
一匹蹻蹻在前立，四匹护落行相从。
帆随江转马亦转，横见侧出奇难穷。

当然，这个编造是牵强附会的。南明永历帝朱由榔的反清大业，与端州江边五块岩石根本没有任何关系。

再说，包拯在“五马归槽”之后，发布了一道衙令，凡有为官者，不得骑马入村；凡是公干者，马须绕村而行。真是：

林阜纷纷策蹇行，伏枥谁知千里情。
云雾降精为时出，方驾永使风尘清。

同化峒民　稳定百姓心

话说古端州属南蛮之地，在广东西江流域，历史上曾经是瑶族聚居中心。历代州官上任，首先是“备峒寇”，即准备对付从山谷走出来不服朝廷管治的土著俚僚族群。早在隋唐时代，端州官就已有剿瑶的战斗。魏元忠是唐代比较有作为的一位宰相。武则天晚年时，他受张昌宗、张易之陷害，贬为端州高要尉。他到来之后，就“整戎旅，备峒寇”，经过数个月在北岭山、鼎湖山一带的围剿后，瑶民就安静了许多。

但是，峒汉斗争始终不断。在宋代，端州这里“群凶”（本地歹人）和“邻寇”（附近歹人）可统称为“峒寇”或“峒民”，属“化外之民”，即没有开化的百姓，其文明程度远未有中原农耕文化那种水平。

峒，只是表示某个具体地名，其实就是四周高山中间盆地，即溪洞广袤的形象叫法。“车到山前疑无路，柳暗花明又一村”就是峒的形象写照。“峒民”并非是一个特定的民族，元明时期被称为“畲贼”、“流民”，清代时被叫作“田贼”、“山贼”，大都指土著俚僚族群，并非是民族的分类。“峒民”与“平民”的区别，关键是他们是否承担赋役。

宋初的端州，西江一带原俚僚渠帅残余势力虽表面归顺朝廷，但仍在内部保留世袭农奴制和巫医制。端州“化内之民”（纳入官府正式统治的百姓）与“化外之民”（峒民）的争斗不时发生，后者甚至比较顽固地与官府对抗。官府无法根除峒寇，只能有限地维持峒寇与平民之间的“界至”，导致大量“化外之民”无法控制。

在包公之前，任职端州的官有刘起陈、范雍、任旦、贾守文等，他们对待峒民成事不足，败事有余。据《续资治通鉴长编》记载：宝元二年（1039）三月，包公来上任之际，广州地界就发生过三百余人反宋的事件。可见，备战是不能不做的。

包公上任之后，第一件事是“厉兵秣马备不懈，枕戈待旦防未然”。把“备峒寇”作为发展经济的基础条件之一。他一方面重视习武、加强备战防务，以防来犯之敌突袭，特别是准备对付从山谷走出来不服朝廷管治的土著俚僚族群。包公作为端州的军政长官，充分分析了当地的战略地位，并根据当时的形势和地方安全的需要，提出了应对措施——“学习水战，陆路捍屏”。从后来这里不断出现的峒寇侵犯之事实，证明包公确有远见。

另一方面，包公认为，中兴事业，人心为上。他上任端州察看民间疾苦，设法使俚僚落后的移动式山谷经济变为定居式农耕经济，让峒民融合到汉人之中。当时包公对峒民的方针是“养威持重，未可轻发，请君入端，共耕共织”。峒民稳定，百姓才安定。

一天，包公深入僚寨，走访俚僚，察看疾苦。他同首领渠帅交谈，让俚僚在山下定居，让峒民在端州扎根。渠帅怕中计，不肯下山。包公说：“移动式山谷经济变为定居式农耕经济，才是长久之计；俚僚与汉人融合，促进汉俚团结，才是生存之本。我防你干扰，你怕我消灭，不利于一方安宁。”

渠帅百思之后有点心动了，他相信包公。经过协定，包公划地安排峒民居住，让其自成村落，但有一条原则，不得“杀人祭鬼”。渠帅也积极配合包公，将曾经发号施令的藤鼓埋进地下，服从归顺和同化，使他们与村民之间联合大于争斗。包公为渠帅建立了声望，边缘山区的峒民也有归顺之心。

对于藤鼓的由来，在端州流传着一个颇为神奇的传说。古时星湖以北为水域，宽广之河似一道银带，隔开了北岭对岸，也隔开了峒人的侵扰。但是，一段时间来村里连连在夜里受到强盗的侵袭，损失惨重。原来，河中生有一根奇异的巨藤，昼伏夜出，每到夜晚，巨藤就浮出水面搭载强盗过来扰村，而后强盗又乘巨藤渡水而返。端州人把这巨藤称为“过海藤”、“妖藤”，于是组织村中壮丁砍断巨藤，全村上下欢庆一番。然而，峒人却将巨藤内胆掏空制成了大鼓，通过敲鼓来发号施令。峒人渠帅把藤鼓埋了，意思是归顺了。

有了好的开端，包公想着下一步计划，就是为居民打下文化同化的根基，以中原文化的标准成为行为准则，让“峒寇”的俗称渐渐消失。这跟当今时代落后弱小的民族追逐强国文化标准的心理是一样的。这是时代的进步，当然也是端州的进步。

包公目的是将“化外之民”过渡为“化内之民”，这一设想让端州的百姓充满了希望。于是，包公将北面水域改道了，让峒人可以方便下山农耕居屋。后来有肇庆史料记载：“坐是地方千里，民乐耕桑，水蛋山傜，趋庭向化，端之父老至今传颂之不衰。”

安置峒人 包公送锄头

话说包公在端州加强军事，重视文化，拿今天的话说就是文武“两手都要硬”。在文化建设中，他不忘“教化”峒民，启智百姓。常言道：“负民即负国，何忍负之。”

有一年夏日，酷热难当，太阳炙烤着星湖水面。包公将一名叫山养的峒人头领从峒人谷安置在端州城外之北居住。在那段日子里，山养没有和任何人打过交道，仿佛周遭的一切都是那样黯淡无光。尽管端州这里有灼热的阳光，山养却觉得那刺人的阳光是为了反衬自己灰色的影子。

山养对包公说：“我习惯了峒人生活，对这里生活有渴望但也害怕。”包公让他拿着一个碗，然后就往里面倒热水，一直倒到水溢出来。山养被溢出来的热水烫到，马上松开了手。包公说：“渴望是因为不曾拥有，害怕是因为不曾经历。新生活就像热水，从凉水中煮热，又从热中慢慢凉了，才能饮用，才会不生病，过程急不得，与饮生水是不同的……”

山养似悟非悟地应了一声。包公接着说：“我没有金银财宝送给你，就送你一把锄头，你就用这把锄头生活吧。”

山养本想拒绝，但他碍于包公的一番好意，于是把那锄头放到角落里。他没有问那锄头怎么用，他也不想去问。因为他本来就没有兴趣也没有心情来摆弄锄头。

包公离开山养住处以后，山养习性未改，照样每天颓然地出门，傍晚一身疲倦地回到土屋里。峒人空闲时相聚一起，捕兽饮酒，击长鼓作乐，一旦发生纷争，拔刀相向。他们椎结跣足，刀耕火种，有一套剽悍的生存本领和特异的生活方式，历代官员束手无策。包公对待山养这样的人，威严与宽容并举。所以山养受到了一定的感化。

山养偶然走近住屋的角落，才想起包公给他的那把锄头。十多天过去了，他发现那把锄头的铁面有些黄锈斑了。因为这不是武器，山养也懒得理会。

日复一日，他发现锄头早已生满锈斑了。大约半年之后，他从外面回来，看见了正站在他家门口的包公。

“包州官，你怎么来了?”他有点惊奇地说。

“我就要走了，今天我特地抽空过来看你。”

包公进了门，看到锈斑的锄头，目光里流露出惋惜的神情。然后他将锄头拿在门口的石头上磨了起来。一边磨一边说：“生活也需要磨炼呀。这锄头跟随我挖井、垦荒、筑堤，用得闪亮闪亮的，也用出了感情。感情不在于施舍，有心即可；生活不在于平淡，安慰就足够了。”锄头磨好了，包公说：“有土地，就需要用锄头来垦荒，垦荒才能过上好日子，你还是跟大伙学着干吧。”

“你不要叫我包州官，我名义上是老百姓的主人，实际上应该是老百姓的仆人，应该听任百姓的差遣才对；我的衣食住行都承蒙百姓的供养，因此我有过错时不妨告诉我，我有贪污行为时不妨去参我，一定不要害怕我或者在背后诽谤我，如果这样的话真的是违背了我的本意，你不能算了解我。”

包公离开时，山养躬身送别，洒下的阳光在两人之间，影子是那么近又那么远。

此后的日子里，山养开始与人打交道，用锄头垦地。锄头越用越亮，垦出来的地也越来越多。山养心有所悟，希望再见到包公，向他当面说声谢谢。

不过，包公离开了，调离了端州。他想知道，包公还会回来吗?

后来，山养以总头目的同化管理方法，让已经下山的山人成了“化内之民”，又与水上蛮人沟通，一时间端州所辖的地方很少有盗贼出没了。史书载：“恩威并著，岁乃大和，称为明神之政。”

问计于民 街边下象棋

话说包公一日出入端州三圣宫，忽然在村边大树下，发现一个棋盘边坐着一个老人，就走了过去。他想，与老人下下棋，了解一下他们的想法吧，虽然自己语言不太通，但这棋是没有语界的。老人一身布衣，神态自若。见有陌生人胆敢坐下，就上来搭话。包公说："我来跟您下一盘如何？"老人这才发现包公是个外省人，一下子来了兴趣，欣然同意。包公眼中一亮，说："好啊，我正愁拜不到师呢！"

老人为了表示自己的大度，让包公执红，包公也不客气，抬手就横炮入中。两人不说话，就战了起来。几步棋一走，包公就发现老人的棋下得平平，于是计上心来，明明三下两下就能取胜，他却故意拖延时间，直到半天才结束战斗，显出赢得很吃力的样子。

包公稍胜一筹，老人不服气起来，叫人泡了两杯茶，要跟他再杀上一盘。并把这一次输棋的原因归结于自己当时心情太浮躁了。接下来这一盘才走了几步棋，老人发现自己占了上风，心里就有些得意起来，布下了"卧槽马"的阵势。只要包公这样走下去，将步入不可挽回的败局。

就在这时，包公一边行子，一边不急不慢地问老人："端州为何没有公学？前任州官、县官为何不办呢？"老人心中一振，眼睛看了包公片刻，下棋的速度变得慢了起来。他叹了一口气："一言难尽啊！"包公又说："不知这里的棋风如何，如果人人都像您一样下得有水平，民风就不同了。"

老人说："是呀，民风需要教化，棋风需要养成。这里民风不是很好，因为一直没有公学教化，只能怪衙门了。"包公想了一下，走了一步闲棋，又问："如果这里办了公学，老先生您是否可以任教，动员村民入学呢？"

老人见包公走的的确是一步闲棋，就放下心来，又把"马"往前走了一步。眼光从棋盘慢慢地回向包公说："文化任教不敢当，教下棋还可以。不过我可以推荐几个人，动员村民上学。"包公高兴地笑了笑，然后就稳稳地问，村民眼前最需求的是什么？老人想了半天，归纳为四点，即需求有书读，需求有田耕，需求有屋住，需求生活好一点。包公端起茶来轻轻地咂了一口，这茶里苦中带香啊！

包公口中念着"有书读"，便轻轻地将"炮"撤回来挡"马"，放下棋子说："宫中就是学宫呀。"老人一见棋局瞬间发生了变化，"马"上不去就回"马"塞

“象”、“田”，想让包公之棋陷入重重包围之中。

包公又在想，“象”、“田”要疏通，不能被“马”堵塞了，于是回“车”压“马”，说：“让出一块田地有人耕作。”老人急攻不下，局势有起伏转折，又听包公说的非下棋术语，额头上的汗大颗大颗滚落下来。包公见老人有些紧张，便安慰道：“不要急，居者有其屋是肯定的，生活也会好起来的。问题是缺钱啊！”

老人听了，哭笑不得：“我是在考虑这盘棋，进攻无力了，可能最后不得不推枰认输了。”老人像木头人一样，呆呆地坐在那里，好久也没缓过神来。

包公见状，就说，这是一盘和棋。老人听了，认真调整了心态，要赢他是难了，自己不输棋就好！

老人回过神来，坐在这里有将近两个时辰了，就向包公说：“先生之棋下得不错。别人都知道我的厉害，没一个人愿意跟我下棋。想不到我跟先生是棋逢对手。你是外地人，想必来此做生意吧？”

包公风趣地说：“哦，我想的是民生事，这里的农用工具落后啊。这里的人大都营养不良，骨瘦如柴，肌肉太少，不但体力差、持久力差，也无法应对寒冷、炎热和饥饿。”

老人就迎上来说：“这里一直都是刀耕火种，收成还要望天打卦。如果先生有办法能制造更好的生产工具，多养殖耕牛，发展桑茧，种植蔬菜，排沥围田，这都是一笔大生意呀。”

老人见包公一边点头一边笑，又说开了：“你若不信，等老朽空闲，可以与你考察，我会把所有的神医、士绅、学究情况一一向你交代清楚。”

包公说：“老先生所言极是，十分感谢您的好意。我不等你空闲了，等不得呀。眼看春耕将至，农事已近，公学又得筹谋，一拖终将成不了大器。有您之言，我知足了。”

说完，包公深深地向老人行了礼。老人看着看着，还弄不清包公是什么人，就见他急急回城去了。

巧计安排　府宅成书院

话说包公经过实地调研，发现端州没有一间公立书院，令他大伤脑筋。诚然，这里一穷二白，三缺师资，设立书院谈何容易。还是先发展农业，让地方富了再说吧。

当时，包公与夫人、儿子所住的宅所又小又旧，大雨来临之时，大厅与一些房间还经常漏水。端州有位大户人家名唤沈殿坤，为了巴结包公，和几个财爷找上门来，说包公现在的住处完全不像是知州的府宅，有失朝廷命官的尊严。他们主动提出，愿意带头捐赠并召集当地的各位乡绅出资，来替包公新建一所豪华的府宅。

包公初时直言相拒，他说，官廉首要的是不贪、不腐、不昏；民廉首要的是不贿、不媚、不借官光、不趋炎附势。正是：

古人结交在意气，今人结交为势利。
从来势利不同心，何如意气交情深。

但是，谈了半天，沈殿坤依然是一磨、二缠、三送钱。包公百般扫兴，本想乱棍将他打出门。就在这时候，包兴走近包公跟前耳语几句。包公点头同意，于是，包公对他们说："我有要事急办，包兴招呼你等。"

包公走了，包兴当着沈殿坤的面说："感谢各位士绅，你们能为州官分忧解难，说明你们都有拥戴朝官之心。修建府宅是需要的，也是必要的，但是我提出一点要求，那新府宅要按包公自己的设计方案来兴建。"

沈殿坤等人一听，喜出望外，以为这一回包公也食人间烟火了，以后就可以凭此事找到官府这个大靠山了。于是，沈殿坤连日筹谋，和各位乡绅凑足了银子。

十多天后，包兴将府宅图纸交给了沈殿坤，并指定要在风景秀丽的宝月塘旁边划地兴建。沈殿坤见包公这设计图纸里面的结构有些特别，也不知为何不在府衙内建，但碍于这是知州大人亲自设计，便没有再细究根由，择吉日开工了。

同知严守冠等人得知此事之后，也作了一番细斟密议。包公清正廉明，为何却如此明目张胆地接受端州豪绅们的赠礼呢？有人说这触及自身利益，谁不收受？有人说这是变相敛财的一种巧妙手法。

沈殿坤这一回煞费苦心，见包公肯上钩，喜滋滋的，心想：现在我舍得金弹子，打下的却是金凤凰。于是，他大兴土木，找来端州城里手艺最好的工匠，日夜动工，并不时到工地去督促施工，检查质量。

三个多月后，一座气派宏大的府宅屹立在宝月塘畔。沈殿坤盛情邀请包公到那里巡看。

包公在那新建的府宅进进出出，巡看过后，笑容大开，赞不绝口，并声言立冬之日正好是乔迁吉日，人称“冬大过年”，决定立冬这一天在此揭幕进宅。

立冬前一天深夜，百姓们都已进入梦乡了。包公派衙差在那所新建的府宅大门正中央，挂起了早已准备好的横匾，并且用红布遮盖着。

翌日立冬，朝阳喷薄，晨风送爽，沈殿坤与那帮乡绅齐集在宝月塘畔。包公与府衙的大小官员一齐到来，排场盛大，引来无数百姓围观。

揭幕仪式开始，只见得锣鼓喧天，鞭炮齐鸣，包公站在大门口处，手执绳子，一把将遮盖在横匾上的红布揭开。众人抬头望去，愕异万分。沈殿坤惊诧得嘴巴张得大大的，好久也合不拢。大门口正中的酸枝木牌匾中刻着四个铁划银钩的大字——“星岩书院”。

原来，包公来到端州后，见当地识字的大人并不多，小孩大多数是文盲，没有书读，到处游荡，打架滋事。包公将此看在眼里，急在心里，痛感在端州兴文办学的迫切性，有几位老书生自愿来当教师，但找遍了端州城，找不到一处合适的办学宅所。如果要修建一所新的书院，穷困的州衙又拿不出多少银子来。为此，包公寝食不安。

适逢此时，沈殿坤等人要巴结包公，曲意逢迎，提出要替他新建一座豪华的府宅。包公细思过后，觉得这些豪绅的钱财是剥削老百姓得来的，现在趁此机会来放放他们的血，不过是要他们还财于民，实在不失为一个借鸡生蛋的好办法，于是便佯装应允，并叫人依照中原的书院结构来设计图纸，让沈殿坤等人按图施工。

包公因此圆了兴文办学的梦，这对传播中原文化、培养人才、移风易俗有着极为深远的影响。后人题星岩书院联为：

功德奠基，书楼立于民心上，辉耀广南成独景；
湖山投抱，忧乐萦在我梦中，胸怀天下总为情。

聘请掌教　知己两相交

话说在包公到任之前，端州一直未有地方官学。端城附近只有零星私塾，由家族延师教子，属初等启蒙教育。包公在宝月台兴建了星岩书院，这是端州历史上第一所公立学校。

书院只是表达中央政府树立儒家文化的权威，以儒家文化训化时人的意愿，落到实处还得靠当地士绅带头身体力行，并通过当地有名望的姓氏家族进入当地

“峒民”与平民的心灵。

在那时，中原文化虽是先进文化，其水平还是很低的，不可能有多少书籍，至多请儒者讲讲课，书院只是文化象征与精神象征，它象征中原文化权力、文化秩序和文化正统，如此，文化殿堂开始在端州扎根。

有了书院，也有了先生，却没有掌门人，即校长。有人提议，聘请梁夔当校长。梁夔是什么人呢？据说，1036 年，梁夔曾做过端州知州，当时授意其子梁卞，先后从南雄珠玑古巷招来三十五姓三百多男丁，分派端州各都甲落脚，他们有农业经验，也给端州带来农业生产技术。

梁夔退休后做赤脚医生，以“官不择位”著称。一天，梁夔背着竹篓，自言自语：“金狗脊，毛可止血，根能壮腰，好药，好药。”梁夔把药放进竹篓，又抬头四顾。坡上山花烂漫。他又发现了药，便拨开山草前行。“这是地稔呀，治痢止泻，灵药，灵药。”他拿起药端详，得意地吟诗：

南海风涛壮，西江瘴疠多。
闲时采药去，健体驱病魔。

包公悄悄跟在一边，见梁夔时而东张西望，时而低头采药，还吟诗作句，就答上一句：“好一个‘健体驱病魔’呀。”梁夔背着竹篓，见是包公，慢悠悠地笑着从沥湖基走来。包公说明来意，想请梁夔掌教星岩书院。梁夔说：“老夫老了，我现在已是黎民百姓了，掌教书院之职还是另请他人吧！”

包公诚心地对梁夔说：“您采药是为了医治人们身上之病，但也应治一治人们的脑子之疾啊。您是前任的知州官，做了许多有益的事，还从中原过来扎根端州，为了这一方水土兴旺，引来三十五姓氏三百多号人开拓基业，令我敬佩。我在此地不会长，三年就得走了，我只想尽我最大的努力，为端州做些有益的事，所以我恳请您助我一臂之力吧。”

梁夔听后十分感动，当即答应掌教星岩书院。这样一来，有了政府的介入，端州便确立了儒家文化的正宗地位，它虽地处偏僻，却也融入了中华主流文化圈。儒学无论在制度层面或精神影响上，维系的都是君为臣纲的统治系统。与此相适应的是，端州的经济是自然经济式的农业经济。

端州建立星岩书院，能办书院和能进书院的人，其品味不同一般，因而当地的士林不可或缺。随后包公多次到星岩书院视察，指示书院要搞好造士、选士工程，这相当于今天的教书育人和选拔人才。他还不忘勉励书院内的师生，要求他们养德修学。

对不能进书院的百姓怎么办？包公没有停留在书院上，而是以各种方式扶持端州文化根基，他使出一招，通过“政教合一，神权专制”的教化，把教育同物质生产结合起来。

后来包公又听从梁夔的建议，在今渡头村附近创建宝光寺，祀奉玉皇大帝。因为宋代皇帝自称是玉皇大帝派下凡间治理天下的，包公建此寺，意在鼓励当地民众服从朝廷管治，维护社会稳定与国家统一（后来，宝光寺迁于星湖玉屏岩，建为玉皇殿。而原宝光寺曾相继改建为天后宫、濂溪祠、景福祠，遗址在今污水处理厂东南侧）。

同时，包公与梁夔商量，在城西景星坊创建文昌宫（后来变为法轮寺、西江讲武堂，遗址在今市直机关第一幼园），传播中原儒家文化，教化一方，鼓励读书人走科举之途，为国效力。包公认为，不近人情的宗教不能算是宗教，不近人情的政治则是愚笨的政治。

为什么皇帝自称是玉皇下派的呢？这是因为皇帝礼崇道教，也是为彰显皇帝神威。由此演绎出包公是文曲星的化身。传说，在北宋年间，天灾人祸不断，民不聊生。玉皇大帝特派赤脚大仙下凡投胎做宋仁宗皇帝，以救治民间疾苦，还派文曲星和武曲星辅佐他。

凡是投胎的人，都要到南斗星君处报道，并取一个脸谱下凡。文武二星到南斗星君处报到时，恰巧又遇南斗星君与北斗星君下棋，南斗星君无视文武二星的到来。

文曲星等得不耐烦了，直接拿了一个脸谱就匆匆下凡投胎。而武曲星只好拿了一个文士脸谱。文曲星投胎后就是包拯，但因匆忙之间拿走了武士脸谱，因此一出生就是个黑脸，以至于遭到父母嫌弃，而他的嫂子可怜他，将他抚养长大，所以包拯尊称他的嫂嫂为“嫂娘”。包拯长大后考取进士，游宫时皇后因为嫌他面黑，特赐他三尺红绫遮面皮。黑脸具有“铁面”的意思，象征他像铁一样坚硬。

而武曲星投胎后就是狄青，生得眉清目秀，像一个文弱的书生，却练就了一身好武艺，成为宋朝的一员大将，南征北讨，屡建奇功。但因长得脸白清秀，难以服众，他做了一个凶恶的鬼脸面罩戴在脸上，增添几番煞气。真是：

九重天子寰中贵，五等诸侯门外尊。
争似布衣狂醉客，不教性命属乾坤。

挖沟开渠　排沥筑鱼塘

话说包公在端州打下了教育基础，但是民生工程还没有基础。当时端州人丁单薄，生产技术落后，北方人民创造发明的许多生产、生活所需的工具和器械都没有传入。最惨的是端州旱灾、涝灾也很频繁，有首古老的民谣说道：

一个穷端州，十年九不收；
若能收一年，谷种挂墙头。

从民谣中既可看出这一方土地上的百姓遭受灾难的辛酸血泪，又能看出他们对这片沃土的依恋和期盼。

一天，包公和梁夔到城外巡察，他们来到当今出头村一带的七星岩旁边，见到这里土地连片，却是杂草丛生，野兔与狐狸不时出没。

不远处有炊烟袅袅升起，包公便朝这个不是耕农而是樵夫的人家走去。这户人家一贫如洗，家徒四壁，在屋里生火做饭的是一位姓钟的老汉，锅里煮着稀得不能再稀的野菜汤，在一旁的几个小孩面黄肌瘦。

包公指着门外的那一大片荒草地，感慨地问："老伯，那边一大片田地无人耕种，你们吃得这般差，岂不是拿着金饭碗去当乞儿？"

钟老伯长叹了一口气："大人有所不知，那地不能耕种呀！"

包公心存疑惑地问："我察看过，那片土地是肥沃的，杂草也能长得半人高，为什么说不能耕种呢？"

钟老伯解释道："那地确实肥沃，但一旦发起洪水，或者下起大雨来，旁边的沥水就会浸上来，变成一片黄汤。如果种下庄稼，全都会被淹，几天后，根部就会沤烂。我们种过许多次，一年忙到头，连种子也白白赔掉了。"

见到当地村民的生活如此困苦，包公怀着沉重的心情离开了樵夫的家。他一边走一边想：如果不能为民解决困难，我这为官一任，有负朝廷重望啊。

于是，包公和梁夔再到沥水那边视察，发现这里的农民把庄稼种到地里就不管了，只知望天打卦，不会挖沟排水的耕种技术。要农民能够种好地，水利是命脉。包公当起"农业局长"来，做出顺乎民心、合乎民意的决定：挖沟开渠，排沥筑塘。

通路开渠细耕耘。春耕之时，包公亲自率领本州军人和官员举行春耕仪式。

他说，许多东西自古以来就是从军队开始实行的。他主张造一块官田，由军人去犁田，一是“以示军为农先”，为实行普遍劳动义务制起示范作用；二来进行春耕仪式，祈求风调雨顺、五谷丰登。

当地村民对此半信半疑，见包公身先士卒，高卷裤筒，带领着府衙的人首先行动。包公主持修建水坝，不仅是为了让水路畅通，还要让农民能够取得水源进行灌溉。为此他研究各种可让农民顺利取得水源、有效利用水源的做法，终于成功。村民们见府衙里的人亲自动手，这是从来都未曾见过的事，便都拿起了锄头、铁锹，纷纷加入了挖沟排沥的行列。

钟老伯笑着说：“我原来是用木犁头耕作，速度很慢，现在学会用铁包犁头，这样一来，翻耕土地的速度比以前快了很多倍。”

连续干了十多天，纵横交错的沟壑挖好了。由于修治了水利，当大雨来时，平日为患的沥水统统都从那些沟渠排走了，田地的土质得到了彻底的改良，耕地面积大为增加。

取之于水，用之于地，又归之于水。在今天看来，这样的设计也可谓巧夺天工。随后，包公借势改善生产力，引入了人力水车、稻床、木砻、木米臼、石臼、石磨、竹筛、耙、犁等农具，使端州的耕作农具有了飞跃的发展，极大地提高了劳动效率，同时也推动了社会的进步。后来，以梁夔当年引入三十五姓的农民为主，垦荒三十九年，开辟耕地三百五十余顷，“入于家，输于国”。

郡地郎中　以神道治病

话说宋朝端州，生产、生活条件都落后。稗书载，包公施行了一些治州方略和措施。

包公治州方略之一，即用郡地郎中，以神道治病，也就是利用信教者免费为百姓治瘴疠。端州地界有个小吕祖有神奇的本领，包公所闻，小吕祖一能“灵映”，即能为人断吉凶祸福；二能“处方”，给人看病，查五官，观六色，便知病名和病情，他不假思索，马上写处方，开出中药治病。写处方时，他经常先用道家语写出病因以及治疗原则，如果病不可治，或不写处方，也会说明。有语赞道：

不忧贫，不念富。大悟之人，开著波罗铺。内心真知无价宝，欲识真如，正照菩提路。贪爱心，须除去。清静法身，直是堪凭据。忍辱波罗为妙乐，服了一圆，万病都新愈。

一天，包公来到神道观中，向小吕祖请教何为“丹道”。小吕祖回答：“正统丹道称为‘阴教阳会’，阴指灵界仙人，阳指肉体凡身，也称‘神授’，我师得到过神授而传有《黄庭经》。”

包公观看小吕祖为人治病，只见小吕祖既用中药治病，又用符箓法、飞章表奏法治病。小吕祖说，前者是有形之医，后两者是无形之医。符箓法，通过画符，病人的病就好了，古人有《祝由十三科》。这是古代医术的一种流派，即祝说病由，不需用针灸或药来治病，是巫术治疗法。当然，包公也明白，在宋朝时，凡是官方规定的御医必须学习符箓法。符箓能沟通病人自身及天地的某种能量，所以能治病，并非暗示疗法。

而飞章表奏法，是对有些重病，中药、符箓作用小，小吕祖会视因缘而给上苍写“疏文”，恳请上天、神灵帮助。这在现代人看来是“迷信”，但在那个年代应用起来疗效神奇。飞章表奏法为“无形之医”，包括心理治疗的方法，更注重玄妙层次的内涵，内在的玄妙是精、气、神的运动和阴德的积累，外在的玄妙是天地的灵气和仙人的感通。

一天，有一个老农因为病重，难以服药。经过小吕祖针灸、按摩等治疗，三天后能进食了，但还不能行走。又过了三天，老农能勉强走路，但需要人搀扶和拄杖。十天后，老农不需要搀扶，能自己下床走路了。过了半个月，包公到老人家中观察，只见老人开始自行锻炼身体，不用他人搀扶，也能走三里路。也许，这是包公在端州时遇到的最妙的神医了。于是，包公对小吕祖进行嘉奖。

小吕祖却虚心地说：“观病得对症，当然不可能方方灵验，每每神奇，每个人的生病、治病因缘不同，有的人吃药后病很快好了，有的人服药后疗效一般。有的病需要数月服药才有效。即便治病，冥冥中有可救、能救与不可救、不能救的‘数’，那个‘数’也与命数即因缘相关。这是道医与常规医疗不同的地方，医药治疗的作用还是有限的，在命数与因缘之内。请包大人宽恕小民为好。”

包公点头认同，命理由人也由天，医者仁心即可。

设置义舍　招徕北流民

话说宋朝北方连年战乱，南方端州成了流民（农民）的主要聚集地之一。包公看到无数的农民，为求一线生机，南下而来。于是，包公治州方略之二即设置义舍，招徕流民，也就是在大路上设置公共宿舍，目的是扩大区域人口，使居者有屋。

逃战乱，命一线，离乡别井真可怜！慌慌忙忙一整年，上无瓦，下无田，辛苦度日好心酸，两眼不住泪涟涟。告青天，往南迁，让俺老少活几年！

这首歌谣折射出当时流民生活的苦情。无法照旧生活，只有一“走”了之。“富走南，穷进京”，这句在当时流传得很广的民谚，说的正是当时北方农民无以生存的悲惨境地，以及迫不得已“南迁”的缘由。

当然，包公也明白，中国人讲究“安土重迁”，也遵循“父母在，不远行”的古训，必是被什么迫切的缘由所驱使而南迁。他认为原因一是在于人口压力，北方地少人稠，“生齿甚繁”，直至“人满为患”。另一个“迫切的缘由”便是天灾人祸的涝灾、旱灾、人祸并行。北方不平，兵灾匪患连年不断，到处骚扰、拉夫、拉车，民所难堪，作战区域十室九空。其苟全性命者，亦无法生活，纷纷抛弃田地家宅，不得不离开故土，远走他乡。

天地茫茫，何处安身？为了生计，他们只能留下一声哀叹，一步一步地向南方挪动。无家可归的流民千辛万苦，来到了地广人稀的端州。于是，包公在沃野千里、有土无人的端州城外设置义舍，让人们相信，在此垦荒种地，不愁没有饭吃。

义舍所共寝者，皆中原移民。中原人在风餐露宿的路上，本来乞讨是获取食物最方便的方法，但是，中原人有尊严，流民们为求生存，只有把自己会的各种“把式”发扬下去。

随着流民一齐涌向端州的，还有中原底蕴丰厚的文化。无数中原村庄在城外被“复制”，同时被复制的，是他们与生俱来的性格，以及早已根植于心中的燕赵文化。虽然告别了生养自己的家乡，虽然离开了如母亲般呵护自己的水土，但迁到端州的中原人，“聚族而居，其语言风俗一如旧贯”。他们不想、也不必改变自己，“削足适履”不是他们的性格，无论是社会风俗、宗教信仰，还是语言、文字，他们都保留了自己的传统。这使后来的端州无论在语言、宗教信仰、风俗习惯、家族制度、伦理观念、经济行为等方面，都与中原地区大同小异。

当时，端州的高要县就有一例：包公治端以前，高要人未谙耕种，“徒资牧养，一片荒芜”。后经汉民来境垦种，其县得获租利。然而，因族类各异，言语不通，情意未能融洽，本地人多有欺凌。县衙奏准勘荒，招户领地。“客民闻风而至，端人亦渐事稼穑。”

很明显，古端州人的这种反抗是无力的。在中原文化的包围之下，土著文化不断地进行着自我调适，不断地被同化，不断向中原文化靠拢、看齐，所谓“渐效华风”，土著人转用汉语了。同时，脱离了“母体”的中原文化，也在“复制”的过程中悄悄地发生“变异”。

教后行刑　罚修治道路

话说包公在端州时，如何给轻微犯罪的人施以刑罚，成了一个颇让人伤脑筋的问题。有的人犯了错误，可以不受大惩罚，这能体现出法制“德”的一面。但是如何让人犯受到惩戒呢？包公治州方略之三，即教后行刑，罚修治道路，也就是对犯法者以说服为主要方法，并罚以修路改造。

一天，有个叫大春的人因偷狗被捉了，就想到包公可能重罚自己，受四十大板之苦。他一路思忖着，如何避免或者改变被包公处以重罚的境遇，让自己免受皮肉之苦。现在，糟糕的事情已经来了，他见包公脸色显得十分严肃，便向包公请赐一碗水酒，颇为紧张地说：“包大人，我知道现在自己罪责难逃。您宽宏大量，让我喝一碗水酒，再行刑也不迟。”

包公怒声呵斥：“为什么喝水酒？”大春颤抖着身体说：“我担心，我一双不干净的手受重罚之后残了，再不能孝敬双亲了！让我喝下这碗水酒，甘愿受罚。”

包公点点头，让衙差给大春端上一碗水酒。可是大春接过水酒，却不喝，用惊恐的眼神环顾四周。“为什么不喝？”包公问。

大春说：“我怕当我喝水酒之时，差人一棍把我的水酒打翻了啊。”

“放心吧。”包公郑重地说，“无我之令，谁也不敢动你一根毫毛！”

“既然这样，包大人你的话总该算数啊。”大春请求说。包公又宽宏大量地点点头。大春见状，手一颤抖，将一碗水酒全都泼洒在了地上。

“大胆，将他打八十大板！”包公厉声下令。

大春平心静气地说：“包大人，刚才您庄重地说过，在我喝完这碗水酒前不会伤害我。我现在不小心弄洒了，没有喝下这碗水酒，而且我也喝不到这碗水酒了，因为它已敬祭了土地。您理当履行诺言，不能惩罚我。”

包公对此并未发火，深思了片刻，这家伙虽不骄横跋扈，却有点耍滑头，跟自己斗心眼呢。其实，包公并不是想重罚他，只是目前有一项工程还缺乏劳动力呢。于是，包公就严肃地说：“你的行为已触犯律例，不惩戒你，你不会悔过。当然，我不会用棍棒体罚你，你自己用锄头体罚自己吧。”

大春一惊，忐忑不安道：“为什么要我自残？”

包公爽朗地说：“你怎么冒虚汗呢？我不是让你自残，而是让你修路去。”

书载，包公治理端州，协力共谋农业之发展，以足民食；共谋桑茧之发展，以裕民衣；计划建筑各式屋舍，以乐民居；修治道路运河，以利民行。有道是：

吾家何处？对落日残鸦，乱花飞絮。五湖四海，千岩万壑，已把此生分付。怎得海棠心绪，更没鸳鸯债负。春正好，叹流光有限，老山无数。归去。君试觑。紫燕黄鹂，愁怕韶华暮。细雨斜风，断烟芳草，暑往寒来几度。锁却心猿意马，缚住金乌玉兔。今古事，似一江流水，此怀难诉。

鱼肥稻熟　修建丰济仓

话说国以民为本，民以食为天。重农事，承天养民，才是长治久安之本。当时，端州发起了“耕深户广”的生产热潮，包公则成为这项大工程的总负责人。他搞农业不置长吏，即不设地位较高的官员；各领部众，多者为治头，相当于现在的包工头。这是包公以小农经济为基础的经济、政治纲领。

清明节前，包公去郡圃察看播种，清明后教人准备插秧。包公一直观察庄稼长势，一穗九歧，绿浪盈畴，长势喜人。夏收时，催促农民一边收割水稻，一边放水犁田，为秋收时节做准备。

一年到头，包公带头垦荒拓耕，发展生产，种下庄稼，结果大获丰收。看着庄稼的好收成，村民们的干劲提起来了，各自垦荒种植，日出而作，日落而息。到了丰收的季节，望着一片金黄的稻穗压弯了禾秆，农民们都乐得合不拢嘴。端州地域的生产出现了前所未见的高潮，人们初尝了丰衣足食的甜头。

重农的同时，包公也因地制宜，提倡渔业。端州河溪港汊纵横交织，水域资源得天独厚，尤其是东南一带，最适宜渔业生产。包公引导人们宜渔则渔，不必围湖造田，浪费人力、物力。端州西北为山区，开春时，包公鼓励大家往塘里投放、培养鱼苗，以便鱼苗长大后捕捞。这时的端州城外，鱼肥稻熟，是整个州县远近闻名的西江“鱼米之乡”。

人们说，包公瘦了，端州肥了，各县都想进入“鱼米之乡”行列。包公决定在端州城围修建粮仓，名曰“丰济仓”，储存粮食，预防灾荒。仓廪实，天下定。在中国封建社会重农抑商大环境的影响下，仓储承担了社会救济和保障的重要功能。

“普天之下，莫非王土，率土之滨，莫非王臣。”丰济仓承担着社会救济和保障功能，也承担皇家粮仓的功能。丰济仓成了当时端州最为壮观的建设工地。

在当地，流传着有关丰济粮仓的一个故事。当时，朝廷派了一个叫罗云的老将来负责这项工程，并做好保卫粮库工作。广南官员认为建仓应建在广州，罗云却选址端州，他与包公一起考察，选址在城东之角的“米仓巷”高位处。据说这里透气性好，对储藏粮食极为有利。当时端州这个粮仓，已经有物流中心的影子，开始实行统一配送了。然而，粮仓建成后，广南的官员将罗云告上朝廷，有人说他“屯粮端州，居心谋反”。罗云为此被朝廷问罪。包公知道后，据理力争：此地存粮，形势所需，地理所至，战略上则通达岭南西域，又可下往广州。包公实禀朝廷，请政府派员为罗云平反。包公认为做事岂能尽如人意，但求出以公心，无愧我心，所以他这样做了。后来罗云被无罪释放。

编户方田勤并慎，征赋敛财公亦平。一年夏收，每到交公粮之时，就是包公最忙的时候了，他要求准确过秤，教人使用竹器，一插就能知道里面有没有坏稻谷，把稻谷放在磨板上一磨一搓看成色。包公教“仓管员”练就验粮的本领，使屯粮保证了质量。

那时候交粮的场景，是端州的一道风景，因为人们可以坐着小船，一家几口人运着一船粮，交完之后在街上吃碗豆腐花，就开心得不得了！正如民歌所唱：

耕耘作罢舞刀镰，谷满箩筐载小船。
今日街头人面熟，清茶一碗也甘甜。

岁月沧桑中，“丰济仓”湮废了，但它一直吸引着人们探寻的目光。如今端州城里，“米仓巷”依旧存在。

民忧瘴疫 包公忧民生

话说端州靠“山”之灵，托“水”之福，环境优美，在宋代，这里既属于夏热冬暖地区，又属于温热气候范围。“湿、热、风、雨”四个字概括了古端州的主要气候特征。诗有《端州一日有四时》为证：

晴云当午僧挥扇，晓雨生寒人着棉。
此是岭南春气候，一日常有四时天。

这种天气最容易发生瘴疫了。有一次，在这潮湿的天气之中，突然出现白茫茫的雾气，把整座城都笼罩起来，这就是吃人的“瘴疠”。城里一些官兵因水土不服，出现了皮肤过敏的症状，包公闻讯后立即组织救治，梁夔提出派人前去岩前庙内取干净之水救人。岩前庙在一块大石边，只见反坐的佛像前，撰写着一副对联：“问菩萨为何反坐，因世人不肯回头。”梁夔及时用水煮生草药，进行口服救治，防止了过敏症状在官兵中蔓延，保全了力量。

官兵安然无事，百姓却乱了方寸。一日，包公换上便服，与梁夔、包兴一道穿大街、过小巷，了解民情、疫情。他发现，彷佛一夜之间端州大多数居民都变得脸黄肌瘦，都像患了病一样。突然，一个巷子里出现一个身材消瘦、银须飘拂的老医生摇摇头，扬长而去。一个两鬓初霜的妇人踉踉跄跄地追出门口，喊道：“医生，你就救救我的儿子吧！”妇人扶着门框哭起来。

包公正要问个明白，这时梁夔走上前安慰老妇人说：“你儿子的病情如何？”老妇把他们引进屋里，这才发现，床上躺着一个中年男人，他身子探出床沿，又呕又吐。

梁夔连忙给他切脉。在询问病情之后，把带来的药粉给病人吃了，才止了吐。包公问，那中年人得了什么病。梁夔说：“唉，这就是典型的瘴疠，民间称‘发人瘟’，死亡率最高。”

后来，包公站在西江之畔，看见河汊里枯枝败叶漂浮，久旱的泥土上从垃圾堆里、野草丛里发出一种令人窒息的闷热的瘴疠气味，不时地扑向包公。居民住房、道路、农田淤泥堆积，垃圾遍地，柴屑杂物无处不在，饮水、用水污染严重，急需清洁消毒。

包公又转身经过街边的一间小食店，正好看到有一位中年食客与店小二在吵架。那位中年食客是一位砚工，名叫程石养。他指着摆在面前的一碗热气腾腾的河粉斥责店小二："我买的是一碗汤粉，你怎么只给我半碗汤呢？你是卖粉不给汤。"

店小二说："程石养，你也知道，端州城里滴水贵如油。别人买一碗汤粉，我只给小半碗的汤水，我见你累得满头大汗，特意优惠你，已经给你大半碗的汤了。唉！该死的瘴疠。"

包公听后，心想：自已为官一方，力求两袖清风。现在连空气都浑浊了，两袖还能有清风吗？他用奇怪的表情问梁夔："老伙计，防瘴疠有办法吗？"梁夔摇了摇头，片刻才说道："天气、水源、卫生，难改变啊。"

包兴接过话茬说："要是端州的老百姓像我们天长县的老百姓那样，喝上干净的井水，该多好。"

为确保不再发生大的疫情，必须对饮用水防疫。包公毅然决定，在公共场所和人群聚集处张贴宣传告示，向河涌污染宣战，大力治水，以井汲水。史述："郡城包公所凿之井有七：一在府治内；在府治西岳庙旁，则第二井也；在县学前街南，俗称义井，则第三井也；其四在分司巷口；其五在广济仓右；其六在北门之左；其七在主帅堂前。"

头等大事　为民掘水井

话说包公了解民情、疫情后，马上提出瘴疫是个大问题，必须防治。包公回到州衙，召集了同知严守冠等一群官员共同商议这件事。包公道："我认为，对付瘴疠，中药治疗是暂时的，长远之计是要解决喝水问题。"

经过一番讨论，包公告诉官员们，百姓利益无小事，解决百姓饮水问题就是要在城中打井，于是包公决定"为民掘井取水"。当时，偌大的端州城里从未有人打过井，因而同知严守冠等官员抱着怀疑的态度："不知道这端州城里打井行不行呢？"

包公告诉各位："为官一任，造福一方。我们当父母官的，要为百姓排忧解难，凡事要先行先试，才能下最后的结论。在端州打井，我建议在米仓巷附近先挖一口井，一来防火，二来作一个表率。"

严守冠苦着脸，双手往外一摊："怎样打井？我们都不会呀。"

此时，包兴抢着说话了，他满怀信心地说："我们在家乡打过井，包大人还有不少打井的经验呢。"包兴还形容了一番。只要打好井，人们用水时，就用绳

子往上吊井水，需用多少吊多少，再也不愁无水可用了。

让人听易，叫人服难。听包兴这样说，府衙里许多官员，都支持先挖一两口井试试，取得经验后再推广。

那天，在一阵震天响的鞭炮声中，包公激动地宣布，“端州第一井”破土动工了。下面有人递上一把铁锹，让包公挖第一锹土。有人认出，递铁锹的不是别人，正是程石养。包公庄重地拿起了铁锹，在米仓巷的坪地上先挖下第一锹土。随后，包兴与衙役们兴致勃勃地干了起来。

由于掘井在当地是史无前例的新鲜事，而且又是体恤民情的知州大人亲自动土，一时轰动，群情汹涌。

一直忙活到天黑，大家都没有走，都等着这口井救命啊。挖井人望了一眼四周的人，更有干劲了，哪怕尘土进了嘴里也不懊恼，而是吐掉尘土继续干活。待到挖井人灰头土脸从井洞里爬出来的时候，天色已晚。挖井人分明看到，黄昏里一双双沮丧又怨恨的眼睛直愣愣地盯着井下。没有水呀！

“明儿再继续啊！乡亲们，散了吧！”挖井人强作镇定。到了第二天，人们又聚过来了。可是井深四米，还是一滴水都见不到。挖井人也有些丧气了，抱怨地看着井底：挖得那么深了，还是没水。

当地迷信极盛，说井址处有龙脉动不得，一些善男信女将其当作神龙祭拜，人来人往，烟火缭绕。这下子，挖井人都有点神志不清了。

包公走来，喊人端了小半碗水，挖井人接过碗喝了一小口，瘫坐在包公脚下。挖井人挤出一声笑："嗤！这里撞邪了，老天爷不给水啊。"

包公不说话，蹲在井口旁边上下观察。他想，从土质分析，一直挖到深底，肯定能通到有水的地方。于是他只身下井看一下情况，再埋着头装一包井土。然后返上井面，传人取一纸点燃，抛向井里，突然大喝一声：

蛟龙听令，为民请命，布水施恩，显身在井，胆敢妖孽，我必严惩。

挖井人一听，也感到十分惊奇，神志竟清醒了，他消除了疑虑，又要下去挖井。包公说："不用挖了，一刻钟有水到。"人们十分骇异，井里一会儿果然冒出了水。挖井人高兴地叫道："有水啦！有水啦！"接着，引来全城的轰动，真神了，是龙泉。于是，人们称此井为"龙井"，并演绎出"包公锁龙"的传说。

学前街南　义井启后人

话说端州有了"龙井"之后，又有个"义井"。据元末明初端州人董源《义井记》云：在县学前街南，俗称义井，是包公所凿七井之一。有诗云：

上善若水蕴乾坤，世代饮泉井绳深。
底脉人云通南海，树下翁婆话古今。

相传，花甲老人董伯是土生土长的学前街人，瘴疠致其家落孤身。"瘴疠当前，找水最重要"，而此时城中有一井，水供不应求。董伯老人看到眼里，急在心里，就打算学包公挖井找水。主意已定，董伯带着锄头就开始挖井。

包公问董伯为啥这么做。他说："我一个孤老头子活到今天，全靠包大人和官府。现在大家有难处，一下子不可能解决这么多人吃水难的问题。我献上这把老骨头，帮大家找水源。"

包公为董伯测试水源，认为此地干涸，应另辟井口。于是在县学前街近西江边处挖井。包公指示成立一支突击队，挑十来个好后生，由董伯负责；同时考虑到挖井是个苦力活，大家都要出力，要轮换下井。井挖深了，就有水，脚在水里，水又凉，久了要得病的，所以必须轮换下井。

董伯挖井已经挖了两天了，井下出现了黏土层。黏土层就是胶泥，拿锹挖，每次只能挖下七八厘米深，好在突击队都是好后生、棒小伙，你挖一会儿，我挖一会儿，轮番上阵。队员们在胶泥层憋足了气，一天下来就把胶泥层给挖穿了。胶泥层以下是红土层，好挖得多。所以，队员们在红土层便开始大挖起来，一锹锹实实的土，被锹切得像土腐块一样，整齐地被扔到井边四周。

井越挖到深层越困难。第三天，井挖到四米深，便出现了鹅卵石层，一块块像香瓜又像小西瓜般大的鹅卵石，被队员们用筐从井底拽出来。在井沿边拽装石的筐，已经太费力了，效果也不好，人使不上劲，拽筐时，筐便刮到井沿，不是筐翻，便是拽筐的人几乎被拖到井里。

该搭架子了，于是人们抬来两根碗口粗的树干搭在井口上，安上辘辘，开始一筐一筐地像从井里打水般往井口上拽一筐筐的鹅卵石。用辘辘摇比用手拽轻多了，一筐筐的鹅卵石从井底拽出，摇得辘辘嘎嘎响，但队员们干劲正足，哪管这些，继续大干。

第六天，卵石层终于被挖穿了，下面冒出了水。这时，井下的两个人便遭了难，水是从沙中冒出来的，沁心的凉，赤脚的两人凉得不行了，要求上来。董伯说：“你们上来，我下去。”于是井下赤脚的两人坐上筐，轮换着被拽上来了，董伯坐着筐下到井底。

董伯到了井底，水已经没了脚面，只维持了几分钟，果然很凉，董伯不禁打了个冷战，心里想：早就夏天了，井上面光着膀子也出汗，怎么井底冒出的水这么凉，莫非掉进冰窖了？管他呢，自己是挖井领队，别人能叫苦，自己是万万不能的。“富贵不如富态，高寿不如高兴。”他虔诚地在心里念了七八遍。果然感到脚底不太凉了。

榜样的力量是无穷的，人们甩开膀子大干起来。终于，一口大井挖成了。包公说，董伯精神可贵，做事不贪大舍小，为人不媚上欺下。于是将此井取名为“义井”。

龙岗留影　廉井留名声

话说端州有了“龙井”和“义井”。开天辟地以来，端州能挖出深水井，这本身就是一件了不起的大事。井水奠定了人们能在端州生存和定居下来的基础。

老百姓挑着水桶从城东、城西两头前来，尝饮过后，都称赞这井水甘美无比，宛若琼浆玉液。平日冷冷清清的米仓巷和学前街比趁圩（粤语，赶集）时还要热闹。城中城外，百姓欢欣，排队取水，十分踊跃。

据传，有四个小吏轮流管理水井，见井水有利可图便暗中向百姓收钱。小吏认为“垄沟里刨食的是条好汉子，病床上数钱的是个傻瓜”。群民们纷纷议论说，挖了口黑窟窿，目的是为了收钱，真是“见钱化水”呀……

听到这些议论，包公火冒三丈，我挖井为解百姓之困，没曾想到衙役从中“抽水”，这事一定惩办。有人说这几个小吏是顶风作案的人，可怜；又选错了地方，可悲。包公遂亲自发文于井口，免收银两，有人敢违，一律严惩。同时，包公想到，两口井的井水不够用，挖它七口八口，多处开放，全民受益，解决垄断问题。

水井是明摆着的，甜头是亲自尝到的。老百姓对此心悦诚服。包公趁热打铁，与包兴言传身教，教老百姓打井技术。为了解决城西饮水问题，决定在龙顶岗西麓三联巷打一口井，又在州衙之中打另一口井。

据说，端州衙内后院挖的一口井名叫“廉井”，井水可以判断为官者是否清廉，因为贪官喝了，会不舒服、闹肚子，而清官喝了，却会觉得它甘甜无比，所以被称为“廉泉”。

传说，当时有一名守城之官喝此井水，头疼不止，后来人们知道这个守城之官是个贪官，才得到这样的报应。包公用贪腐之事作比喻，钱像水一样，没有一点会渴死，多了会被淹死。虽说这只是个传说，却反映了人们对包公这样的清官的爱戴以及对贪官的憎恶。后人赞井曰：

井之直兮公之洁，泉之道兮公之烈。

在包公的倡导下，端州城内外先后打了七口井，其分布状如北斗七星。水源干净了，瘟疫自然没有先前那么猖獗了，老百姓的疾病也少了。从此，包拯的“井”绩，列于《宋史·大臣列传》之中。

随后，端州城就出现了“八家为井，井井四道；而分八宅，同井而饮。存亡更守，井为一邻，邻为三朋，朋三为里。里为五邑，邑十为都，都十为师，井井有序”的盛景。

沧海桑田，现在端州城里还保存着包公所挖的多口水井，而保存得最为完好的当数城西龙顶岗西麓三联巷内的古井，该井呈圆桶形，以坚硬的花岗岩砌井盖，井深六米多，内径半米宽。至今，石灰岩造的井栏上布满了道道绳痕，清晰可辨的就有近二十道之多，最深的绳痕竟有六厘米深。

岁月留痕，历年百姓从井里汲水的盛况可窥一斑。现在井里泉清依旧，甘洌无比。人们为了缅怀造福百姓的包公，亲切地把那口井称为“包公井”。真是：

龙岗留影，井水留声，已把两肩担国任；
明月在怀，清风在袖，常存一愿解民忧。

据传，包公之所以在龙顶岗选井址，是因为这一天包公去龙顶岗寻水源，依龙脉抬头一望，四处皆是树林，不见村舍，在此挖井不便民呀。正一筹莫展之际，包公忽觉得头上“啪”地响了一声，一颗松子砸在头上，直向岗下窜去，于是，包公就在松子停留的地点挖井，果然是好泉，人品尝后立即精神百倍，体力充沛。“大井头”之名也应运而生。

每天一斤　金字作招牌

话说包公任职端州时，了解到凡是各库进贡的物品，都向州县摊派，百姓深受其害。他便先行先试，改置市场，让端州墟市兴旺起来。他发现岭南许多州县官向民间征取贵重木材、草席、陶瓷、竹木器等现象，还乱收税费，加重百姓徭赋。于是他在端州先行发展特色手工业，扩大了税赋，增加了财政收入，并令行禁止乱收税费，史称“罢免徭赋”，为群众释其重负，深受群众的爱戴。

端州市场繁荣了，饮食也出现了“靓汤”，几根猪骨加些佐料，一炖就是一天一夜，骨髓和骨钙都分解出来。吃饭时，每人一碗“靓汤”，然后才上菜。这碗“靓汤”喝下去，包公浑身都热乎乎的，令包公更加喜爱“靓汤”了。

一天，包公的夫人董氏如往常一样买“靓汤”回家，姓王的店小二是开汤面店的，汤靓面亮。他灵机一动，兴高采烈地跟包夫人说，请包公题写店名，如果方便，就再题写两句诗。比如：“秋窗半启随风过，夜户微开待月来。”

人们可能只知道包公清廉的故事，或者断案的故事，却不一定知道包公擅长书法。他几乎每逢得一闲必临帖，家里都成了“书法室”。包夫人经常为他执拾纸张并洗净端砚。在宋代就有人评论包公的书法，说他“笔法端劲，翰墨间风流蕴藉”。这是赞包公的字写得很好，但是包公不喜欢张扬，一般都不题字。

董氏向包公提起王小二求字那件事。包公捻着须思来想去，觉得没有必要题写店名，更不题写风月之词。他认为，人性有太多魑魅，如水银泻地般无孔不入。那些商家无非是想借我包拯之手招揽生意而已。包公劝夫人不要做“鸡仔媒人”（粤语，胡乱做媒的人）。还说，宽容是送给他人的最好礼物，如果把它留给自己，那就是堕落的开始。

董氏一时语塞，脸色变得比紫茄子还紫。董氏虽然心情很不痛快，但是眼看包公一脸严肃，只好悻悻罢手。

包公喜欢吃鱼，第二天一早，他叫夫人买鱼。董氏说，你喜欢吃鱼，每天要买多少，用纸写下来。包公听了虽然觉得怪怪的，但还是照夫人的意思做了，在纸上大笔一挥，“每天一斤”。

随后，董氏将字送给王小二。王小二想了半天，不知道如何用，突然眼前一亮，有了高招。第二天，他在门前贴上了包公写的“每天一斤”，既当书法观赏，又当告示使用。街坊不明，王小二说：“每天一斤，卖完关门。”当天，他真的卖掉一斤面后就“关门收摊”了，改卖其他糕点。说来也怪，王小二这一招挺好使。每天来吃面的人，只要看见王小二的面条没有卖完，就会不由自主地走进来坐下，买碗面吃。

王小二每天都是天一亮就开门，开门之后一斤面总是早早地就卖完了，没有赶上的人再怎么央求，王小二也不会破例多下一根面条。也有人问吃过面条的人味道如何，他们总是摇摇头说："味道很一般。"其他面馆的老板听到这话就觉得奇怪了，既然面条味道很一般，为什么生意会那么好呢？

五天后，王小二的老婆见每天卖完一斤面条后，仍然有不少食客前来询问还有没有面条卖。她舍不得眼睁睁地看着送上门的财源流失掉，就劝王小二把告示上的一斤改为十斤。

王小二听了老婆的主意，怒道："头发长见识短，你以为改成十斤我们会多赚钱吗？我告诉你，你错了！如果我改了告示，可能连五斤面都卖不完了。"

老婆没有听明白王小二话里的深意，继续傻乎乎地问道："怎么会这样呢？"

对于做事不用脑的老婆，王小二只得这样跟她解释："你有没有听过一句话，想吃却吃不到的东西是最香的。其实我们每天卖出的又何止十斤呢？"王小二的老婆露出了恍然大悟的表情。

王小二把这种经营方法总结为，一要有包公"每天一斤"的招牌文化，二要有善于运用文化的脑袋。如此，生意何愁不红火呢？

根竹黄鳝　乌龟似牛蹄

话说古端州每年栀子花开，正是黄鳝、乌龟旺市时。人们到端州常听到一句口头禅"根竹黄鳝牛蹄龟"。是什么意思呢？就是指黄鳝像根竹竿那样细小，并不粗；乌龟像牛蹄一般，并不肥大，有的人还称之为"牛屎龟"。

有一天，包公出巡，来到河旁村，村民已行市成风，只要在小巷集市的，对行人都吆喝："卖鳝卖龟，配上当归，补身补神，健脾开胃。"包兴一听，想为包公带些回衙，便上前问价。有个村民不认识包公，见是官人，就讲点优惠。可是，包公"膝盖头穿袜子——不是那一角（脚）"啊。

村民讲优惠，包公讲实际。村民是让不得，包兴也推不得。包兴急了，说到另一档买，村民却说每个人都一样。村民说："包大人能善待小民，小民也要善待官人呀。我晓得道理。"包公说："你晓得？你不必善待包公……"村民听包公的话不上"正题"，便打断他的话说："他替民分忧，有了鱼塘基围，村民才有了好吃的。有恩必有报，大人你就带些鳝龟回去吧，小民甘愿进贡。"

包公听了，心里不是滋味，说道："农家，你们生活也艰难，眼下肉食就数这根竹黄鳝牛蹄龟了，就不要进贡了。待这里变为鱼米之乡，你们再为国家进贡吧。"

村民望着鳝龟满脸愁容，这些小鳝鱼也能进贡吗？包公安慰地说："生活会好的，鳝龟也有肥大之时啊。只要端州丰衣足食，虽然眼下鳝细龟小，吃起来也会喷香可口。你就按实价卖些给我吧！"说完，包公就吩咐包兴给钱了。

包公一席话，说得村民流下两行热泪来。包公对包兴说，为官执政者首先要戒除贪心，对钱财的贪是贪，对虚名的过分追求也是贪，不能只为追求美好的名声而忘记了自己的职责。

说来也怪，大概因为是清官讲的话，"根竹黄鳝牛蹄龟"的味道就是不差。

次日中午，包公的妻子董氏特地为包公做了"黄鳝煲稀饭"，打算晚餐再来个"当归煲乌龟"。包公要求妻子和包兴同吃，包兴却不在衙里。包公只好剩些黄鳝稀饭留给包兴吃。待到吃晚饭时，包兴没有回来，董氏又将剩下的黄鳝稀饭给包公吃了，并无"当归煲乌龟"。

董氏曾经为题字之事受了包公一肚子之气，便试包公是否如此刚正。于是第二天，董氏问包公，昨天吃的黄鳝煲稀饭和当归煲乌龟哪样更好吃？包公说："昨天只有黄鳝煲稀饭，虽说不上好吃，也不错了。"董氏一听，大怒道："我昨天明明是给你做了两样饭菜的。黄鳝煲稀饭，当归煲乌龟。你怎么能说只吃了黄鳝煲稀饭一味呢？"包公见董氏发火了，连连说道："请娘子息怒，我记错了！娘子息怒，是我记错了，昨天是吃了两味。"

董氏听了，知道包公事务繁忙，是顺着也是随便应付自己的。于是，董氏生气了，严厉地对包公说："相公，我昨天真的只给你吃了黄鳝煲稀饭，并没有当归煲乌龟，我说错了，是故意说错的。你为啥不敢坚持呢？"

包公听了，人也怔了，眼看着妻子让她继续说。董氏又说道："在端州做官，条件很艰苦，如果你只看大官的脸色，而不如实禀报，或者歪曲事实，不敢秉公执法，势必当的是昏官！"

妻子一番话，让包公本想"发威"：国事怎同家事？但一转念，妻子也是一片良苦用心。人啊，稍有松懈就会忘了宗旨。于是，包公诚心地说道："多谢娘子教诲，我铭记在心！"

街市卖菜 吟诗三人赛

话说包公在端州，高鹤县官府每年都向盐户摊派劳役。盐由官府收购，转售给商人经销，从中获利，给盐户造成很重的劳役负担。当时，端州盐商一方面获得暴利，另一方面负担也很重。除了缴纳盐课，他们还要承受官员的额外盘剥。比如，盐商办一次盐引，要经过十几道手续，每一道需要缴纳大笔的银两。包公做出经营规定，不准官员向盐户派劳役，改为通商贸易，买卖双方见面，避免官员从中盘剥，减轻百姓负担，增加了生产和商贸的利益，从而遏制了官员腐败的局面。这一办法后来在山西运城一带应用，“解州盐法率病民，拯往经度之，请一切通商贩”。

解决了盐户摊派问题之后，有一天，包公微服私访，与妻子董氏一道上街市。他们穿过弯弯的路埂，总听到轻轻的犬吠声从街边的民居中传来。这时，董氏抛一点极小的食物过去，刚才还面目狰狞的狗吐着长舌跑到一边去了，并不断回头打量董氏手中的提篮。

当走到端州水街菜市，见有个卖菜老翁，卖得只剩下一扎菠菜了。老翁还在大声吆喝：“自家菜，极鲜美，豆腐熬汤成一味。补血止血利五脏，止渴润肠调中气，敛阴润燥通肠胃，滋阴平肝活血脉。”

包公觉得老翁的口才很不错。于是夫妇二人走近老翁问其菜名，老翁说：“这叫菠菜，金镶白玉板，红嘴绿鹦哥。”包公大喜，赞赏其妙句连连。

正当董氏欲向老翁买菜并谈食用方法之时，来了一个秀才和一个和尚，两人同时想买菠菜。秀才手快，一把抓过这扎菠菜；和尚力大，一下夺走这扎菠菜。大家争着买，谁也不让谁。

卖菜老翁连忙说，这位老爷和太太先到，这扎菠菜理应卖给他们。秀才不肯，和尚不让，老翁没有办法。包公说：“这扎菠菜我们不要了，让给他们吧。”

董氏给包公一个白眼，不肯离开。然后对老翁说：“公卖公买，不许称霸道。你就看着办吧！”包公劝董氏说：“你怎能为难老人家呢？”

卖菜老翁笑着说：“不为难，不为难。我有办法处理这件事。”

包公听老翁这么一说，于是倒有兴趣了，看老翁如何了结这件事。

只见卖菜老翁对着大伙说：“你们除了呐喊，还有什么？只为这扎菠菜争来闹去，累不累呀？人之所以活得累，是因为放不下架子，撕不开面子，解不开心结。有时候，不是我这个卖菜老头多说你们几句，你们把我的菠菜看得太重了，把人情看得太轻了。”

和尚终于忍不住了，问老翁：“你卖菜还是讲经？想听经到宝光寺，那是包大人建的寺，我师父当主持，他可以给你讲三天三夜。”

秀才也不服气地说上一句：“宝光寺是包大人建的，也没有什么了不起。恐怕千里为官只为财，包大人也不过如此。难道他不吃青菜？要听课请到星岩书院，我先生梁夔就是最好的老师，何必到宝光寺去呢？”

董氏一听，气得脸都青了，正想发作，被包公阻拦了。

这时，老翁说：“宝光寺也好，星岩书院也罢，都是清官包大人的功劳。今天老夫我也学包大人主持正义，叫你们三人以菠菜为题吟诗句，谁吟得好就卖给谁。”

此时，街市的人都拥过来了，齐声说好。广东人最怕打头炮，谁先上呢？

秀才认为自己是读书人，知识多，一定能吟得好，于是对着和尚摇头摆脑地说：

有口亦是和，无口亦是禾，去了和边口，加斗便成科。今科得中谁唔爱，我一定买菠菜，转返书房内，猪肉煮菠菜，助我抱得状元来。

秀才吟完，一片叫好声。和尚也不客气，跟着对吟道：

有水亦是清，无水亦是青，去了清边水，加争便是静。清清静静谁唔爱，我一定买菠菜，转返斋房内，豆腐煮菠菜，让我天天去念斋。

和尚吟唱完毕又是一片喝彩声。卖菜老翁此时看着包公夫妇，谁对吟呀？

董氏看一眼包公，表示自己要上场，她待场面平静后，不慌不忙地说：

有木亦是桥，无木亦是乔，去了桥边木，加女便是娇。娇娇女子谁唔爱，我一定买菠菜，转返绣房内，菠菜煮菠菜，生出和尚兼秀才。

顿时，菜市一遍哗然，众人一致认为董氏对得最好。秀才与和尚无言以对，被妇人吟成这个样子，只好红着脸走了。老翁就把这扎菠菜卖给了包公夫妇。

肇菜芽菜　包公教种菜

说到肇菜，大家就很熟悉了，不过端州人未必知道端州有这个菜篮子的基地。这要穿过喜悲交集的时空才能了解它的前因。

如今的端州有两条隐于闹市的古老街巷，叫芽菜巷和麦仔园，接近繁华的天宁南路。这一带其实是由一大片菜地发展而来的，是宋代的菜地。也许，正是因为这里世代生活的都是普普通通的老百姓，因此这里保存着端城最朴素的民风，人情味儿也特别的浓。

这里曾经是包公躬身种菜之地。一天，包公到荒地巡察。他切盼百姓都能开荒种地，过上好日子。

经过五代战乱之后的宋朝初年，端州田地荒芜，洪涝常发，人们生活贫困，人心未定。作为一个有头脑的地方官，当务之急就是开荒种地，恢复生产，民心方能安定。为此，包公提倡种田种菜，希望“端州少荒田”。当时端州垦荒，采用刀耕火种的方法耕种土地，包公要求村民“相助力耕”，劳动分先后、协力共同进行，强调劳动者的协作精神。这是一种“一家垦舍，四邻相助”的淳朴高尚的美德，也是一种古老的风俗习惯。

端州地处偏僻山区，交通不便，生产落后。由于历史条件和客观环境，这里的农民还保持着群体互助的古老传统。到了农耕季节，先约定某家某日种田，“虽数十里，如期而集，锄斧随到。行酒啖炙，鼓噪而作”。这种风俗反映了村民之间团结互助的关系。为了生存，他们不能不依靠集体的力量。

包公说：“择良二千石暨坚百里，化天下之民如斯民之义。”二千石，是古代郡令的代称，百里，是县令的代称。说要精选州官和县官，组织开荒，端州农业的振兴就有希望了。

包公说到做到，还言传身教教种菜，不局限于一山一地。百姓认为他诚实并且认真，完全展现了率先垂范、实践躬行的精神。“愿得端州皆似我，村间城外少荒田。”

当时种的什么菜呢？其中最出名的并且较普遍的就是“芽菜”，占地一大片，被称为大菜园。确实，这里曾经是端州的大菜园，许多上了年纪的肇庆人可能还记得，芽菜巷与麦仔园一带直到20世纪60年代，到处都是鱼塘和菜园，这里出产的黄芽白十分有名、好吃，所以，芽菜巷这一地名就响亮了，并且留存了下来。

芽菜，一般人称之为黄芽白。后来，包公走了，端州也改名为肇庆府，因此，人们逐渐把芽菜叫作“肇菜”。当然，肇菜也因土地肥沃而产生基因变种。肇菜多数是散叶型，不结球包心，菜梗是浅绿色，菜叶比黄芽白稍长，呈青绿色。由于肇菜在外形上与白菜相似，味道相近，并且同科，便统称为“肇菜”了。

为什么芽菜因土地特别肥沃而变种了呢？村民说，环境变，种子会变，人也会变。这里曾流传一个故事，据说，元代末年间，有个京官在肇庆任职，元代将要灭亡时，他把从肇庆掠得的资材装船运回北方，船行途中被人告发他是贪官，于是被迫泊岸检查。开船仓后发现全是泥土，百姓们就将土全挑到芽菜巷的土地上，种上芽菜，果然特别肥壮，特别香甜，成为“肇菜”。后人有诗说：

我种田来你种菜，力耕荒地八方开，
端州自从有包爷，更互力田千万载。

为政善政　时刻勤政

包公在端州为政之道体现在“律己以廉、抚民以仁、存心以公、莅事以勤”，堪称“实干家”之楷模。在古人看来，要做到政绩斐然，需要勤政善政，正因为如此，后人赵慎畛（清朝大臣）感悟其真谛：“为政不在言多，须息息从省身克己而出；当官务持大体，思事事皆民生国计所关。”

玉蟹爬茜　王三筑江堤

话说包公治理端州，百姓生活安定，市场繁荣，是难得一见的好景象。一天，包公穿过挤满了人的街市，街上有位渔民目不转睛地看着市场边一幅名叫“玉蟹爬茜”的画，然后自言自语道：“今年西江河水要涨潮了。”

包公在旁一听，非常惊奇地问：“你怎么知道今年发洪水呢?”

渔民说：“我初看这幅画的时候，画里的玉蟹是伏在茜头的，如今这玉蟹已经爬到茜顶了。我已经看了这幅画几次了，每当玉蟹从茜头爬到茜顶，那一年都会发洪水。”

作为一位地方的领导，首先应该关心的就是国计民生与农业生产。这一件大事办不好，别的事办得再好也不能算好。水利是与河流关系最密切、影响最直接的人类活动。包公听取渔民的话，下令修筑和加固堤围，自己带领军兵在城南堆土护堤。另外，他将事权下放，把沙寮地段护堤的任务交给高要县的王三负责，县衙副官王三是本地人，了解情况，能够胜任组织百姓挖土筑堤的工作。

包公对王三说：“筑堤防洪的技术性要求不高，就是打木桩、筑堤围，木桩株距和深度已经定下了，一里长堤你务必十天内完成任务。”

王三说：“包大人放心，保证完成任务。”包公知道他脑瓜灵活，应变能力强，但还是有些不放心，就说：“你把木桩株距复述一下。”

这当然难不住王三，他张口就来：“木桩株距四尺宽。”

包公放心了，挥挥手说：“去吧，这个任务我就交给你了。”王三行动很快，集合村民们直接把树桩拉运到堤围地头。

没料到的是，王三的家人来了，说王三的儿子被水牛撞了，要他立刻赶回去。王三遇事不慌，抓紧时间给村民们开了个短会，交代打树桩的深度和距离：“大家听好了，树桩要打得牢固，距宽两尺!”然后走了。

幸好儿子的伤势不算重，费了一天的时间，终于把事情全部搞定了。第二天下午，王三再不敢耽搁，决定马上赶回堤上，继续指挥护堤。

王三刚要动身，包公却找上门了。王三热情地敬茶，说：“我正准备回去呢。”

包公却黑着脸说：“我今天特意来通知你，不用去了。”王三见势头不对，忙问：“怎么了?”

包公说：“你去了尽给我添乱!”又气呼呼地质问：“我亲自交代木桩株距四

尺宽，你当面复述也是木桩株距四尺宽，可是到了地头你却擅自改动尺寸，把木桩株距改为两尺宽！这是为什么?”

王三看包公气成这个样子，振振有词地说：“大人不知道村民的脾性，大凡出力流汗的事情，都要偷工减料。所以我们上级下派任务的时候，都要加一个码。比如木桩株距，我要求两尺，他们很可能又放宽两尺，这一加一减，不正好是我们需要的株距吗?”

包公“呼”地站了起来，指着王三的鼻尖说：“你可真是想错了呀！现在的村民把筑堤护田当成头等大事，把衙门的话当圣旨，那是严格照办的。可是你却用老眼光看新事物，害得他们又多砍一倍的木桩！人力、物力和时间都多花了一倍。”

王三愣了：“怎么会是这样呢?”包公说：“因为你是县衙大领导，是师爷，给村民分派任务时胡乱加码加惯了！”说完，包公拂袖而去。后来，工程不得不重新修正，终于如期完工。

据说，包公当年指挥修筑的这条堤路，其基础现在还在使用，还发挥着它的防洪功能。1994 年的那场百年一遇的大洪水也没有淹没这条堤路。后人有诗赞：

千年水利跃端江，十里长堤似画廊。
水笑山欢花怒放，青天作纸绘华章。

筑堤填院　居食有保障

话说端州最大的自然环境特点是内河水三面环绕，只有西北面是山地，房舍和耕地都处在低洼的盆地里，还有一大片是水深过膝的低垄。大雨大灾，小雨小灾，山洪一浪高过一浪，一旦漫堤、崩堤，顷刻汪洋一片。

端州是一座土城，最大的水患是西江之水，每逢汛期，许多百姓受到灾害，老人愁，小孩哭。后来，包公下大决心进行河汊改道，裁弯取直，河道沿山边穿过窦而下，接河涌而东流入沥湖，再注入西江，有利于行洪与灌溉，也彻底解决山洪水灾大害，变害为利。

于是，包公动员市民、农民们筑内堤，开通内河水，疏导城外水流，内涝问题得到了初步的解决，城外周围也因此道路通达，浮出百亩的低垄田。但是，这边是为了防止内河水患而筑内堤，那边是新建大户数家，阻碍河道。

当年的端州，有一班人先富起来，庄园也在河汉分布的土地上出现了。富起来是梦想，有庄园是好事。有户官绅姓陈，原本是朝廷派来高要县做官的，陈家后来就定居端州，而陈家的主人又在外地当官了，只留下家族的屋宅在此。因为陈家在朝中穿上紫衣，人称“紫衣人家”。包公遇到了紫衣人家出的难题。据说，当时有人编了一段叫作“人心不足蛇吞象”的民谣：

终日奔波只为饥，方才一饱便思衣；衣食两般俱已足，又思娇柔美貌妻；
娶得美妻生下子，恨无田地少根基；良田置得多广阔，出入又嫌少马骑；
槽头扣了牛和马，恐无官职被人欺；七品县官还嫌小，又想朝中挂紫衣；
一品当朝为宰相，还想山河夺帝基；心满意足为天子，又想长生不老期；
一旦求得长生药，再跟天主论高低；要问世间心田足，除非南柯一梦西。

陈家为何如此优厚呢？原来宋代对官员的待遇是“高薪养廉”。官员的俸禄（收入）分为“正俸”（正工资）、“职钱”（职务津贴）、“禄粟”（按级别给粮食）、“衣赐”（春冬各赐给衣料绢、绫若干匹，绵若干两）多种。此外对“傔从”（官员的侍从）另给衣粮。总之，政府对你全家人（包括侍从）衣食所需，一切包干，使你全无后顾之忧。另外还有“恩荫”制度，一人做官，可以“恩荫”亲属数人到数十人，都能得到许多好处。所以宋代官吏，无不富有，一般都有良田美宅，退休之后能够优游林下，吟诗作文。宋代的厚禄制度，使得官员无后顾之忧，贪污的情况确实比别的朝代要少。

一天，当堤围涉及紫衣人家官绅的屋宅时，陈家的人依仗权势，强词夺理，不肯拆迁，影响了筑堤的工程。

当然，迁与不迁这不是一件小事。不迁，这里会留下一个缺口，形成隐患，内河水泛滥，不仅会淹没该屋宅，还会严重威胁城中百姓的生命财产安全。迁，就会触及陈家的利益，园林、花园、水榭、奇石都会埋在土里。总之，有利益的冲突，筑堤工程执行的时候就有困难，人们为此感到百般无奈。有的人摇了摇头说：“端州城没得救，没得救了。”

领班回城报告情况，包公下令，改河筑堤，将阻碍筑堤的建筑全部拆掉。这下问题来了，有些官人说要想个万全之策，有些绅吏说要好好讨论是否可以实施。官与民在私利面前总是难以调和的。官人和绅吏都是官方既得利益者，互相包庇，互相支持，死保对方等于死保自己。对付百姓他们也表现出惊人的一致性，团结起来“共同对民”，坑民、害民、忽悠民。

包公拍案而起，表示讨论已经失去了意义，当务之急是执行应急方案。如果执行下来效果良好，说明这是对的；如果执行下来是错的，我包拯承担责任便是。包公发狠说，现在不管对与错，那些不执行、假执行、消极执行、抵触执行的人都是百姓的罪人。

这时，很讲“义气”的哥们儿不动真格不行了。一声令下，千名军人，把陈家祖业填了一半，陈家也因围筑堤坝而坏了风水，只好乖乖地搬迁了。百姓安居乐业，农民增产增收，自然对包公对政府感恩戴德了。当时有人写了一副对联在街头：

少无虞，老无虞，公有瞻前之策；
食有保，居有保，民无后顾之忧。

包兴建驿　愤青敲竹杠

话说端州自古是岭南交通的要冲。由于西江地区丝帛、茶叶、香料、矿产品和粮食等产量不断增加，包公决定在端州建造一个交通和邮政总站，称“水马驿”，人称“崧台驿站”，是岭南较早较大的邮驿之一，位于今阅江楼西侧。有道是：

秋夜事，月里竹亭亭。清籁与谁喧池水，微风遣我下檐楹。圆缺若为情。端州道，累寄笑歌声。驿道夜凉通马去，西江天晓照舟横。联辔去还成。

崧台驿站起到了传递公文、提供食宿之便、交通的作用。驿站传递关乎政治、经济、军事等各方面大事的重要紧急军政公文，是实现中央集权的物质载体，一向被统治者视为国家血脉。

当时，包公指定这个项目由包兴负责。包兴一个劲地往工地跑，看看材料，与工人交流，别提有多快乐。有一天傍晚，包兴上工地。在路上行人稀少的地方，他突然发现前面路中央躺着一个人。包兴见是一位老人倒在地上昏迷不醒，便忙将老人送到郎中那里抢救。

半个小时后，天色已晚，老人的儿子刘长发急匆匆赶到了郎中家。包兴总算松了一口气，可以脱身去看工地了，欲与刘长发道别。哪知刘长发走上前来，一把拉住包兴，气呼呼地说：“听你的口气好像是你救了我爹，依我看，肯定是你伤了我爹！你想溜？哼！没门！”

天哪！包兴只觉得脑袋里“嗡”的一声，两眼直冒金星，这才意识到遇上打闷棍的了。包兴是见过世面的人，“无事不惹事，有事不怕事”。心想只要等老人醒来一开口，事情总会真相大白的。包兴好不容易才脱了身。

第二天，包兴正在驿站工地上，刘长发带着一伙人闯来，叫喊着要与包兴拼命。原来，包兴最担心的事情终于发生了——刘长发的父亲死了。

这一来，包兴是跳进西江也洗不清了。围观的人指指点点，说三道四。刘长发横着脸气势汹汹，步步紧逼：“真坏人并不可怕，可怕的是假好人。这件事你就拿出五十两作赔偿费吧！”

这件事包公在前一天晚上就已经知晓了。他察看了出事地点，又问过郎中，知道老人是死于瘴疠。刘长发本是“愤青”之人（“愤青”一词，是指胸中对社会现实怀有愤懑的年轻人），他想“敲竹杠”。包公来到工地，他大喝道：“刘长发！你做的丑事天知道。如果你还胆敢闹事，阻碍驿站工程的进度，我必重罚你。”那些不明真相的人都不议论了。但是，刘长发还在刁难不休。

包公高声喊道：“来人——”话音未落，此时，一个女人挤进人群中，一把拉住刘长发，嘟嘟哝哝地不知说些什么。刘长发火了，举手狠狠甩了女人一个巴掌，怒斥道：“滚，你给我滚回去！”那女人不但不走，反而哭哭啼啼地向大家诉说：“大家别信我丈夫的鬼话。死者是我的公公，他已经病了好几个月，昨天晚上，我丈夫说背他爸看郎中，我信以为真，后来我赶去，才知道他竟将气息奄奄的老父背到马路上敲人家竹杠……”

真相大白后，人们义愤填膺：“天底下竟有这种丧尽天良的畜生！”“呸！这种人应该送他去监狱！”刘长发一见事情败露，慌忙开溜了。

直接叫板　撵闯驿之官

话说端州是历代失意官员、落魄文人的流放之地，积累了许许多多外来人的哀怨与伤绝，后人有语这样形容：

千里纵横，你总得有个家；万众首领，你也得有个妈；委屈烦恼，你非得有人听；出色得意，你还得有人夸；酷毙了，靓绝了，你要有人爱；摔倒了，失足了，你得有人拉，可是流放端州地，从此坟头向北吧。

包公治端州后，经济开始起飞，带来社会形态的急剧变化，有大量难民涌入。这些官员、文人、难民每每忍受着凄风苦雨，长途跋涉到端州后，却没有了满腹牢骚，因为端州提供了一个好的生活环境。特别是包公在端州建起“水马驿”，确保着政务、军务的时效性。

有驿站是好事，但是出现了不正常现象。驿站只供军事情报及差遣命官之用，后来转为无关的大小官员们一并享受的服务。作为置换车马舟船、安顿食宿的“政府招待所”，却“使客”如云，送去了这茬，又迎来了那拨，原因是天下驿递，用于公务不过十分之二，其余皆为私人所用。

这些人当然不是平民百姓，而是大大小小的官员们，甚至其亲故皆可驰驿，于是便出现了外出旅游、捕猎、采办、收租、祈祭、探亲等种种私人行为驰驿的现象。在这一条链中，越是底层，越是明显。由此，其他驿站出现“力不支则卒逃，再不支则吏逃，再不支官亦逃矣”的现象。

包公认识到私人驰驿的行为无异于青天白日下行窃，其严重性及危害性即如细蚁噬柱梁，一旦柱梁颓，屋舍即毁。这群细蚁便是官员，除了肆意地将驿递的政府功用明目张胆地改以私人之途，他们甚至于还向州、县长官肆意要求、搜讨珍奇。稍不顺意，即迁怒于驿吏，动以私刑，上一折鞭吏的武戏。

有一天，广南东路一名府官，携人一行至端州驿馆，因怨服务不周，认为怠慢，便将驿吏捆缚在柱，以此泄愤；同时在驿馆内吹着牛，拍着胸，许着诺。包公闻此怒不可遏，在端州有我包拯，谁敢如此放肆，如此胆大包天呢？便将此一干人带入衙门审查。府官当然不把包公放在眼中，只哼一句：“府大于州也！我大小也是府中之官。”

包公第一次升任地级市的州官，本来这里已经是蛮荒之地，一时没聚集那么多朝廷权贵，还没碰上哪一个敢直接与包公叫板的家伙，如今，广南东路府官腐败之事刚好与包公碰个正着，这回不扬名都难了。

包公以朝中有制，府中有令，承事接待，当奉节俭、不铺张为据，告诫府衙的人，节俭是养廉的重要途径，节俭要从自身做起，为官者要以身作则。为官者不可违背公道，不可骚扰百姓。包公断称：“你们离朝中要求甚远，定是假冒，应关进牢中。”

于是，任由府官如何辩白，包公只是不理睬。府官在衙门里委屈地受审，包公说：“满桌佳肴，你得有好牙；腰缠万贯，你得有命花；赏一路风光，你得走得动；拣一座金山，你得能够拿。”

法行无亲，令行无故。第二天，府官一干人被撵出境。最后，包公将此事由书信一封，飞速递报广南东路，广南东路高官也无可奈何了。于是，历史评价包公成名在端州，这一事正好是证明。

通过这一事，包公索性对驿递之制进行改革，实行赋税合一和赋税折银的办法，提高驿站效能，节减开支，确保有所留、有所通，令民众安心事业。同时将驿站从崧台搬迁至城门之南，端州的下船处靠近码头，方便交通，又靠近衙门，方便管理。最主要一条“非公务不得驰驿”。

包公又从正驿名、开驿路、恤邮传、定驿制、严法纪、惩贪官诸方面着手，大力推进水马驿站、递运所、急递铺三位一体，互补发展，使端州商贸物流兴旺起来。

贡砚越多　百姓砸了锅

端州有一种名贵特产叫端砚，名列中华群砚之首，在宋代作为贡品进贡。凡在这里做“一把手”的官员，都在“贡砚”规定的数量外加征几十倍的数额以贿赂朝廷权贵，所谓“打点”中央的关系，此举加重了老百姓的负担。

包公听百姓诉说，历年贡砚任务很重，压死人。究竟有多重呢？包公决定亲自到黄岗，赴村约民，进行调查研究，求取旁证。

包公召集了好几个父老乡亲前来座谈，大家依次坐下，寒暄了一番。包公说：“朝廷派我到此任职，晚辈唯恐有负大家厚望，要将端州的事情办好，还仗各位父老鼎力支持。如今特为贡砚之事，跟大伙商量，请提意见。”

开始时，现场鸦雀无声，座谈会陷入僵局。此时，一个砚民说起民谣：“端溪石头多，百姓苦最多，自从贡端砚，百姓砸了锅。”原因是以往州官污吏为了贿赂，在贡砚数目之外再多加数十倍，加大对农民的税赋征收。

一个长者告诉包公，往常每调一个官员来端州任职，进贡的端砚数目就增加一些。从原来每年进贡十块，后增加到四十块，去年是八十块，今年已经是一百块了。官员分派下去的数目很大，可是给石匠的工钱却很少。

另一人痛感官场的腐败，胡子一翘一翘地骂道：“官吏和食肉动物一样，是另一种动物，还会贪赃枉法！”他说，有一个叫罗大寿的人，因生病完成不了“丹凤朝阳砚”的雕刻任务，便被官府定为私藏贡砚罪，被迫服刑。

有人还说，这些年来，官府不断许下一个又一个堂皇的诺言，但是，恐怖的是我们一次又一次地“被接受”。一方方的端砚，实际上是以砚工们的血与汗换来的。砚民不堪这敲骨吸髓般的重负，躲的躲，藏的藏，逃的逃。本该是盛产宝砚的端州，却深受“砚灾”的折磨。

包公回到衙里，便找来留守同知严守冠，调来卷宗问道：“罗大寿犯的是什么罪？”严守冠答道：“私藏贡砚罪。”

“何人所审？”

严守冠回答：“本案杨书吏查办，前任知州贾守文审定。”

“丹凤朝阳砚还未雕刻完成，何来私藏？”

严守冠支支吾吾地回答：“交砚日期已到……他、他未能完成，被认定对抗朝廷。”

“这样办案真糊涂呀！端州百姓都受苦了。你去把杨书吏找来。”

严守冠找来杨书吏，包公双眉紧锁，问：“今年贡砚情况如何？”

杨书吏答：“启禀大人，贡砚完成数额了，也准备好了。”说着，双手捧上一块端砚，说：“这是今年新做的砚，石品不错。”他指着砚中磨墨的地方介绍说：“墨塘中那个铜钱大的紫色红晕叫火捺，犹如漫天彩霞中刚出山的朝阳，好比大人如日方东，前程远大。”

包公用鼻子哼了一声：“我不是说这个。”

杨书吏以为包公嫌砚不好，又赶忙捧上一块：“大人，这砚石品像含露欲滴的芭蕉叶刚刚展开，又有些像白色云彩的鱼脑冻，还有闪金光银光的金银线，好比大人富有，有万贯家财。”

包公一挥手打断他的话：“你介绍这个干什么呢?”

杨书吏又以为包公嫌砚还不够好，又赶忙捧上一块：“这是皇坑石料雕刻而成的，石品中最珍贵的石眼叫鸲鹆眼，如珠剖蚌，如月当空，晶莹生辉，好比是……”

包公勃然大怒：“我问你贡砚为何年年增加，今年已达一百块?”

杨书吏现在才明白，这回是拍马屁拍在驴腿上，吓得脸如土色，趴在地上叩头如捣蒜：“前任知郡事离任前带走三十块，送了二十块给番禺（广州）的官员，给大人准备了十块作应酬送礼之用，剩下的小吏和州里的……”

包公气得双眼喷火，拿起一块端砚往案上一拍：“借进贡之名，巧取豪夺，营私舞弊，压榨百姓，该当何罪?”

杨书吏额头叩出了血：“小人该死，小人该死!”他供出了和他合伙的官吏和历年贪污的数目，还供出了“丹凤朝阳砚”冤案的阴谋。他们敲诈勒索、欺行霸市，巧立名目盘剥百姓，甚至吊打百姓。他们按分配的贡砚应征筹集，逐家逐户摊派，多派加征，贪污腐败，中饱私囊。甚至将应发给因家境贫困而自愿下砚坑的百姓的安家费，也用各种手法加以吞没。

官吏说，只要交钱即可免除贡砚。然而，在编砚册的时候，他们又从中捣鬼，出钱充数的“贡砚”，就留了把柄在官吏、砚长手里，他们可以经常利用这个把柄，以催交贡砚的名义进行恐吓、敲诈，反复勒索。

原来，前任知州贾守文以“私藏丹凤朝阳砚”将罗大寿判罪，其实是想杀一儆百，禁止砚民反抗。包公明白了，这一冤案若不平反，官府将无法取信于民。官府要向老百姓表明为官不扰百姓、公平执法的态度。

深入砚坑　热泪洒砚山

话说包公到端砚坑口了解情况。正午，他们乘着一叶小舟沿西江顺流而下，来到两岸山峦对峙、流水湍急的羚羊峡时，便停舟河边，登上南岸山坡。

严守冠说：“这就是开采端砚石料的洞坑。”

包公徒步走上那段陡峭的山冈，走近端砚坑口。见十多个打着赤脚、光着身子的石工钻进一个阴森森的石洞里，躬着背用瓦罐汲水，并把洞里的水倒到洞外。洞里的水淘干了，石工们把油灯放在胸脯上，平躺在洞底，仰起头来开凿石料，完全看不到唐代诗人李贺诗中“端州石工巧如神，踏天磨刀割紫云”那种豪情的影子。

石工稍憩了。包公看见了光身汗渍、蓬头垢面的采石工，他们正在用杂粮充饥；他看见了一个披麻戴孝的少年，脸上充满了淡淡的忧伤。最与众不同的是，少年爱吹笛子，拿出随身携带的笛子瑟瑟吹了起来，顿时，凄凉的笛声在上空回荡。让人觉得暑热顿消，一下子走进了寒气袭人的世界。

包公为规范贡砚在大律约束之下而来，还带了一些酒菜，招呼疲惫的大伙坐在一块吃喝。可是石工们无动于衷。包公见大伙不动身只好动手了，逐个添些酒菜。石工们的心如枯草断茎的枝丫颤动了。

包公既不问石工的情况，也不说贡砚之事，因为少年忧郁的笛声，似在倾诉石工怨恨的心声：端溪石头多，百姓苦最多，自从贡端砚，百姓砸了锅。包公明白，是衙门强行加征贡砚的苦与累让大伙陷入苦闷和彷徨。

人们盯着包公，一会儿，他躬着背消失在砚坑里；一会儿，他带着沉郁的眼神爬上洞来。他的衣服脏了，他的脸黑了。众目睽睽地相视良久，仿佛要把包公摄入心底。刚才只顾沉浸在离愁别恨之中的少年，悲怆的双眸里竟也有冷冷的薄冰开始溶化，停止了吹笛。

包公也看到了他们的心底，再次把大伙招呼坐在茅棚里。洞口不远处，有一间茅棚，一个瘦骨嶙峋的小孩在茅棚前生火煮野菜。石工们已经吃不起大米饭，只能用杂粮充饥了。茅棚里，几个年老的石匠苦着脸刻砚，由于长期和凿子、刻刀打交道，他们的手指变了形，手掌粗糙得像块松树皮。包公走进茅棚里和石工们搭话：“各位师傅辛苦了，从早忙到晚，歇一会儿吧。”

一个石工抬头望了他一眼，说：“还歇呢，杨书吏成了催命鬼啦。”另一个石工说：“唉，雕成端砚是官爷的，有了银子是书吏的，苦日子是自己的，没法过呀!”

包公把一大碗烧酒端给了少年。少年不知是因为惊恐还是悲伤，止不住浑身颤抖。大伙觉得包公可亲，没人拒绝。

包公点点头，让少年喝一口。然后，包公从自己身上解下一块布，替他轻轻擦去脸上的泪水，竟感到有一种说不出的心酸！一个壮汉看在眼里，凑上前来，端起少年喝了一口的烧酒，来一个俯仰天地，喝了个精光。

他们的汗水落于石上，但包公明白，滴落在石上的汗也是泪，不仅是咸的，也是脆弱的，更是无奈的，它比流在脸上的泪更纯正、更纯洁，也因此可以更值得人信赖。

包公看了看大伙，眼睛潮湿了：“大伙都喊一声吧，喊一声什么都好了。”

不久，少年站起来大喊一声“啊——”，大山跟着动起来。接着，那些石工们一起冲着西江放声大喊“啊——”，那声音撕心裂肺，神鬼皆惊。

大喊，是另一种心声，是对灵魂深处的自我的呼唤！包公抹去了眼泪，说：

“你们的声音就是我的声音……”

砚案平反 只征贡额数

话说包公决心肃整进贡端砚之事，要平反“丹凤朝阳砚”的冤案，公开对罗大寿进行补偿，便召集大家开会。

有人怕影响衙门形象，有人担心失去威严，并且说，我们这届衙官不犯错就是了。有的说，少管事就不会犯错。

包公知道，宋代重文治，对官员，特别是直接管理老百姓的地方官，在政绩中有所谓“三最”（三种最好的政绩）之说，其中有“狱讼无冤，催科不扰，为治事之最”。也就是说，地方上不要出现冤案，征收赋税不扰民，这是朝廷对地方官的主要要求。

包公认为，对罗大寿平反，不会影响衙门形象和失去威严，而是让百姓知道我们的公信力，相信我们有仁爱之心，不暴戾行事。背对太阳，阴影一片；迎着太阳，霞光万丈。贪官，一方面盗窃了国家的收入，另一方面又“官逼民反”，把老百姓逼到造反那条路上去，这会酿成天下大乱。

包公又说：“你们怕事，不干事也应受到惩罚。我曾记得一个平庸知府的故事。有一个知府梦游地狱，受到阎王爷的审判，阎王爷要把他打下十八层地狱。知府高喊冤枉，说：‘我是一个清官，不拿百姓一针一线。’阎王说：‘清官是做事的好官，你不做事还算清官吗？如果这样的话，搞个木头桩子坐到大堂上岂不更好？木头还不吃不喝呢！朝廷设官为治，是让你去为老百姓办实事的，不是让你去当木偶的。’这个故事正如清代人谢金銮所说，做官不替百姓办事，还不如不设官呢！把不干事的人称是‘尸位素餐’，白吃干饭的。”

最后，大家同意向全州发出平反通告。一天，端州的天气是“风带花香轻拂槛，霞凝彩练巧为帘”，包公亲自在衙门前召开大会，引来众多百姓围观。他让罗大寿梳洗一番，换上新衣，站在衙门当中，当众宣布罗大寿无罪。

罗大寿涕泪纵横，他本来蒙受天大的冤枉，叫天天不应，叫地地不灵，虽然满怀愤懑却又无计可施，在牢狱里已经绝望透顶。在包公到端州之前的知州如刘起陈、范雍、任旦、贾守文之流借进贡端砚之名，都是为一个“贪”字。如今得包公平反冤案，还获补偿，犹如在沉沉黑暗中蓦地见到了青天。他突然跪在地上，对着衙门叩头而拜，放声大呼：“青天呀，青天，我遇见了包青天。”

“丹凤朝阳砚”冤案的平反，对端州的大小官员与老百姓震动很大。包公重审砚案，足见他明察秋毫，为民申冤，匡扶正义。因此，包公成为家喻户晓、妇孺皆知的正义公道的“清官”代表。

随后，包公发布了严明的州令：官府对端砚“只征贡数”。史载，“端土产砚，前守缘贡，率取数十倍以遗权贵”。包公宣布按照贡额征收，砚民每年完成了贡砚任务后，所开采得来的砚全归自己所有。今后，如果州衙的任何官员额外向砚民派贡砚，就按贪官污吏论处，依国法重重治罪。包公要严惩贪官，既保护了皇家的利益，又赢得了民心，一举两得，何乐而不为？

同时，包公为整顿吏治，在端州颁布了一道告示，允许保甲老人（里甲编制中负责水利兴修、风俗教化以及调解民事纠纷的人）有参议政事的权利。如果当地官吏有害民之处，可以当面规劝，三劝不听，就到州衙来告，以便捉拿审讯。

包公直言说：“有百姓的监督，为官的才能少犯错误。如果为官的办事公道，站得正，行得正，不利用职权巧取豪夺，百姓就能过得更好。同样，我也接受百姓的监督。”这一道告示对整顿吏治起到了一定的作用。

老百姓看到此告示后，奔走相告，纷纷重返家园，耕种务农，采石制砚，笑逐颜开。后来黄岗的雕砚人写了一楹联：

地位清高，日月每从肩上过；
门庭开豁，砚山常在掌中看。

办事不力　应填青蛙命

话说包公在端州整顿办事作风。他对手下的衙役非常严厉，这也就是说要管好自己身边的干部。比如他让一个衙役去调查一个证据，或抓一个人，限几天之内必须完成或者几个时辰之内必须完成，这个衙役就要完成，不能拿着传票去吓唬人、敲诈人，一旦发现，严惩不贷。

包公经常在夜间加班工作。端州城中路的红楼内有一个乌台，是包公阅案和审案的地方。在一部小说里，这样描述包公的出场：

咚咚衙鼓响，公吏两边排。
阎王生死殿，东岳摄魂台。

只见乌台靠墙放置的是刑具。东侧放笞杖，即打板子时用的竹板子。西侧有夹棍。拶子是清朝时审讯女犯专夹手指的刑具。夹棍这种刑具始于宋代，俗称

“三木之刑”，专夹小腿，适用于一些证据确凿却拒不吐实情的男性案犯。

一天晚上，初更的时候，包公正在阅案，忽然，后门荷塘传来“呱呱呱”的青蛙叫声，喧闹不休。包公立刻吩咐门差：“你传我口令，包公在此审案，不准青蛙喧叫！”

门差心里想：“真好笑，青蛙不懂人语，怎会听你的命令？”门差没有依照包公的吩咐去做，只是走出后门转了一圈，向荷塘洒了一泡尿，便一声不响地走回来了。青蛙听到动静自然不叫了，待门差走后又开始叫。

到了二更，青蛙仍在“呱呱呱”地叫个不休，越叫越响，包公感到非常讨厌，又吩咐门差：“你快去再次传令警告青蛙，公堂附近，不许这般胡闹，如再不听从，定要严办！”

门差领命后，暗暗发笑，一边走，一边想：“看来包大人审案审昏了头，怎能命令青蛙不叫呢？”门卫像刚才一样，在后门转了个圈，向荷塘“嘘——”了一声，便回堂前复命。青蛙听到人声就安静下来，待门差走后又叫了起来。

三更了，包公正在聚精会神地审阅案情文卷，青蛙仍一声高过一声地叫个不休。包公不禁大怒：“那些青蛙实在太可恶，本官两次警告，还是喧哗不止，非严办不可！”他剪了几只纸枷锁，盖上大印，嘱咐门差把纸枷锁撒下荷塘。

门差还是笑笑，不敢与包公辩论。他接过纸枷锁，走出后门，随意地撒到荷塘里。说也奇怪，青蛙真的就不再叫了。

包公每天早晨有个习惯，喜欢到荷塘边散步。第二天早上，包公见青蛙全都戴着纸枷死了。一只只青蛙躺在荷叶面，肚皮向上，鼓足一肚气；两个眼睛突出，眼珠朝天，死不瞑目。

包公心想：青蛙因再三骚扰办案，本官才惩办的，怎能不服罪呢？莫非另有什么委屈，导致含恨而死？

包公叫来门差，严加追究办事经过。门差的心像有蚂蚁在咬噬着，脸色顿变。门差知道不能隐瞒了，便把昨天晚上的事一五一十地说了出来。

包公知道了真相，本要判门差死罪，以填青蛙命（赔偿青蛙的性命）。但念他能承认过失，就把他杖责二十，充军远地了。

门差不知包公有锁龙镇妖的本领，区区的青蛙又怎能不听从命令呢？问题就出在门差身上，不认真执行命令。后人根据这件事写了一副联：

看阶前月白风清，生活方安定；
听墙外蛙啼虫噪，办案须谨慎。

微服私访　妙对破奸案

话说包公在端州任职期间，他经常带着包兴到乡村微服私访。一天，他来到了今端州睦岗的一个小村庄。

走进村中，只见有一户人家门口张罗着喜事的场景还未脱去，但又见有一位老人家伏在门前痛哭流泪。包公忙叫包兴上前问个明白："请问老翁，何事伤心？"老人抬头看了包兴一眼，并不说话，只是流泪。包公不便多问，便向路人打听。路人连连摇手说："惨呀，惨呀！实不相瞒，他家里昨天不明不白地死了人。"包公一听死了人，便问死者何人？何故而死？这一问不要紧，倒引出一桩奇案来。

原来，这位老人姓钟，夫妇两人膝下只有一个儿子，才十八岁。不久前，老夫妇为儿子娶了亲。新娘子是端州乡下生草药郎中之女，传说很会制剂，吃了能长生不老。她聪明贤惠，全家人都很满意。

"洞房花烛夜"，本是人生一大喜事。新娘子听说丈夫正在攻书苦读，准备迎考，便出了一个上联考他，上联为"长生不老药老不生长"（这是个连环对，读法如123454321，正着读和倒着读是一样的）。新娘子开玩笑地说："对不上下联，不准洞房。"偏偏新郎书生气太重，一时答不出，竟赌气到祠堂去了。他通宵达旦无法入睡，就只为这一句"长生不老药老不生长"沉吟，却就是对不出下联。

第二天，新郎一早回到家，新娘发现丈夫愁眉不展，便问是何原因？新郎说："我正为答不出你的对联发愁呢！"新娘暗暗惊奇地问："奇了，你昨天夜里不是对上了吗？"新郎也感到奇怪了："我昨夜一直没有回家，怎么会答出对联来呢？"新娘听了这话大吃一惊，这才知道，昨夜原来是被人钻了空子，与自己洞房的并不是丈夫！想到自己失去了贞操，她悔恨交加，一气之下，便投湖而死。

包公听老人讲完经过，心里也很难过。是谁让新娘子冤死的呢？要破此案，必得先对出这个对子来。对联谁想出来了，破案的办法也就有了。

次日，包公叫人在几处人多往来的地方张贴了文告，告示上写着，州衙欲在本地挑选一些有才学的人，进入端州城衙做官。条件是能对出下联。另起一行就是醒目的大字上联：

长生不老药老不生长

文告贴出一天，人潮涌动，就是无人能揭去榜文。第二天，有一个书生闻讯揭了榜。他得意扬扬地来见包公，说："望大人多多栽培。"包公说："你对出那副对联了吗？"书生假装思索了一下，说："这个下联应是'亡命送终汤终送命亡'，不知妥否？"

包公一阵冷笑："好一句'亡命送终汤终送命亡'啊！人家说的是长生不老，你对的是亡命送终，对得也够绝了。"说罢，把惊堂木重重一拍："给我拿下！"左右衙役一拥而上，把书生捆绑起来。

书生正在做着当官的梦，不想被当场拿住，吓得连喊冤枉。包公厉声说："歹徒，你居心不良，乘夜之间，淫人妻子，害死人命，岂能饶你？左右——掌刑！"书生一听，吓得魂不附体，连忙跪下，高呼："小人愿招！"

原来，那日新郎为上联而赌气，不洞房就跑去祠堂，路上遇见了这个书生，书生开他玩笑，说他放着如花似玉的新娘不陪伴，却到祠堂来守夜。新郎便将考对联的事情对他说了。谁知，言者无意，听者有心，那个书生一番苦思想出这句下联，乘月黑风高之机，潜往新郎家去答对联，新娘子不辨真假，竟与他入洞房，以致酿成了这场悲剧。

包公当时心中认定这个案子很大程度是读书人所为，因为要对这副联没有文采是极其艰难的。对通了联句，才能骗到新娘子。

包公判明了案子，便对钟老人和新郎说，节哀顺变吧。然后，包公对新郎说："你要好好读书，日后成才方能对得起死去的娘子呀。我也试用这对联对下句，希望钟老人家——'益寿延年人年延寿益'。"

新郎听了，感慨万千，痛恨自己才疏学浅，才被别人钻了空子，发生命案。于是，新郎把这副对联挂在厅堂，用来警示和激励自己：

长生不老药老不生长；
益寿延年人年延寿益。

上午审财　哑仔分家产

话说有一天，端州城突然多了一幢楼，人称"披云楼"，传说它是龙头变化而成的。原来，端州五龙之一的蛟龙，生性贪玩，一天从星湖悄悄来到包公办公的地方，低头往下观望，刚好看见包公那天正在日审三案。包公审案完了，天也亮了。蛟龙听包公审案，觉得神奇有趣而入了迷。雄鸡啼了一遍又一遍，蛟龙也没发觉。这时，天上阳光灿灿，地上祥云缠绕。蛟龙要退回星湖已经来不及了。于是，蛟龙把龙身化作一条城基，龙头化作一幢楼阁。也就有了“龙头化作披云楼”的传说。那么，包公又如何日审三案呢？

那天正是一个秋日，上午端州衙门刚开，便有一个哑仔（哑巴）击鼓了。包公坐厅，即传令快快升堂。门卫复称：“门外有石哑仔手持大棒来献。”包公令他进来，亲自问案。哑仔因哑口不能说话应对。在一旁的严守冠却说：“包大人休得理会他，这厮每逢新知州上任都来献上一根木棒，任官责打。包大人您新来上任，他自然又来献棒了。”

包公心想：这哑仔必有冤枉的事，故忍吃此刑，特来献棒。不然，怎肯屡屡无罪吃棒？无奈哑仔口不能言，手不能写，如何审案呢？包公思前想后，顿然心生一计，叫手下用猪血涂在哑仔的屁股上，又戴上长枷，让他在街上示众。然后暗差几个心腹跟随哑仔后面，若见有人替他鸣冤叫屈，就传他上堂。

一会儿，围观者众多，人群中果然见有一个老头为哑仔叫屈，于是将他引到包公面前。

包公自然请老人讲述替石哑仔鸣冤叫屈的缘由。老人说：“这人我认识，家住端州城之西，是我村的石哑仔，自小不能说话，只是耳朵还好使，早年父母身亡，他就被哥哥石全赶出家门。石家遗产有万贯家财，并无分文留给石哑仔，石全独吞。石哑仔每年告官不能申冤，今日又被杖责，小老因此为他叫屈啊。”

包公一听，即差人去追传石全到衙。包公问道：“这哑仔是你同胞兄弟吗？”石全答道：“他原是家中养猪的人，少年时在本家庄地居住，不是亲骨肉。”

包公闻其言，遂将石全放了。石全欢喜地走了之后，包公便教哑仔：“你出门以后，就去拉着你哥哥扭打他。”

哑仔眨巴着眼睛，看上去有些害怕。包公说：“你就照我的话去做好了，本官可为你做主。”

哑仔点头而去，果然一走出衙门就追上石全，随即推倒石全，扯破头面，乱打一番，石全被打得头破血流，十分狼狈。

石全吃了亏，不免走回衙门向包公告状，说哑仔不尊礼法，殴打亲兄。包公遂问石全道：“哑仔若果是你亲弟，他的罪过非小，断不可轻恕；如果是外人，只作斗殴论处。”

石全哭着脸说：“他就是我的同胞兄弟。”

包公大声喝道：“这哑仔既然是你的亲兄弟，为何不将家财分给他？分明是你居心独占！”石全无话可说。

包公即差人押他们回家，将所有家财各分一半。众人闻之，无不称快。

下午审情　双夫争一妻

话说包公当天上午在端州衙审完哑仔之案，接着下午又为“双夫争妻”一案来判案。

此前，有夫妻两人，结婚三天后，丈夫就外出谋生了。婆婆待媳妇很不好，不久，媳妇就被迫改嫁。

几年之后，丈夫归来，不见了妻子，就询问他的母亲，母亲说了他妻子一大堆坏话，最后告诉他：“你的老婆已经跟奸夫跑了。”

他垂头丧气走到村边更夫住的地方，更夫们七嘴八舌地对他说：“你的老婆又贤惠又规矩，是你的母亲不好，逼迫她改嫁的。”一个人告诉他：“这几天，你老婆挑一担花生到圩场卖。你上午到那条通往圩场的路，就可以见到你老婆了。”

第二天上午，他拿着一竿粗竹和一把雨伞，向通往圩场的路走去。走到半路，果然看到妻子挑着一担花生走来。妻子遇到他，呆住了，放下担子跪倒在地。他立刻双膝跪下把妻子扶起，两人抱头痛哭，苦不堪言。

妻子哭着告诉他，这些年她跟后夫结婚，已经生了两个孩子。

他苦劝妻子：“别哭了，别哭了，你把这竿竹拿回去吧，竹里藏着尽是白银。往后也别卖花生了，好好带大孩子吧。”万般难舍的妻子听从他的劝告，挑着花生回到后夫家里去。

他待妻子走后，立刻走到州衙击鼓。包公刚想午睡，被鼓声震起。只见衙役来报，一个生意人跪在堂前，要求包公主持公道，责令妻子的后夫把妻子还给他。

包公听完他的诉说后，立即传令将后夫带到公堂。前夫向后夫说了一番与妻子悲欢离合的经过。后夫也对包大人说：“我们已经有两个孩子，夫妻感情很好，妻子不该判给前夫。”

包公一时左右为难，不知把这位妻子判给谁好。当官的审案说到底“慎”字至为重要，一粗心就出差错，一出差错就成千古恨。包公当即休庭一刻钟，他暗地派人去把这位妻子悄悄传到衙门后堂。

然后，包公继续升堂。前夫与后夫都说得入情入理，十分感人。包公在想，端州人个子不甚高大，讲话大都轻声细语，娓娓道来，像山溪的叮当流水，听他们讲话像听一首轻音乐。但他们大都善于察言观色，当他们发觉你脸上有不快的迹象时，他们就会马上见风使舵。当然，这一带也产生了像莫宣卿那样的“孝肃状元”，并非全是山人。包公通过审理此案，送给眼前这两个端州人一个不褒不贬的字眼：“乖巧”。

突然有衙差火速来报，急促地说：“那妇人不知何因，投江而死，不见尸首，只留下银手镯一只。”

前夫一听，争着要跑出衙门，却被门卫拦着。后夫只是大吃一惊，呆而不动。包公对前夫说：“那妇人尸首未寻见，去也无益，还是处理案子再说。”

前夫情绪非常激动地回话：“案子不审了，我要找妻子。”

包公说：“此案不断，那妇人尸首能给你吗？”

后夫却说：“结怨不如结缘，栽刺不如栽花。求包大人把两个孩子都判给我。银手镯判给他。”

前夫说：“她生是我的人，死是我的鬼。我什么东西都不要，只要寻见我妻子的尸首。”

既然如此，包公要他们在案卷上签了字。这时，他们的妻子从公堂后的屏风走出来。包公叫前夫把她带回去。

原来她并没有死，包公是用这个办法试一试前夫和后夫哪一个更喜欢这个妻子。

这时，日落西江，月勾东山，包公本想回后院之家好好地休息一下，却坐在公堂后的木椅上睡着了。

夜审钉夫　包公游地府

包公在端州衙一天审了两件案，在日落月出之时人就困了，便在后堂办公椅上打瞌睡，并且做起了梦。

他梦到一个叫陈二狗的人死了，送葬的队伍从端州衙门经过，包公听出陈二狗之妻的哭声一点也不悲痛，有点装模作样，再看妇人面露妖冶，外着丧服，内套红袄，让人觉得蹊跷。在朦胧中包公听见有人来告状，说陈二狗死得冤枉。

包公在梦中惊醒，真的有人来告状。果真，陈二狗猝然死亡，死因不明，族人故来向包公告状。包公知道这不是梦，而是真案情。他令人马上传讯陈二狗之妻白云。白云声称丈大是因“气鼓症”而致死。包公问道：“既患气鼓症，可曾请医治疗？”她对答：“丈夫命薄，未及请医，已气绝身亡。”

包公颇为踌躇，夜不成寐。陈二狗已经入土，难道又要挖土开棺验尸吗？这里就有了一段颇具神话色彩的演绎了——包公想来想去，决定采取随鬼魂入阴间验尸的办法。据说，包公白天在阳间判案，晚上还要到阴间去当法官，有民间传说包公“日间剖断阳间事，晚间还要断阴灵”，“天上一座杀人星，日判阳间夜判阴”。因而包公凸显出额头上的月牙，就是他到阴间的通行证。

包公还有一张阴床。什么是阴床呢？就是包公办案如果遇到线索不清的情况，调查不下去了，他就要在阴床上躺着，吩咐所有人不准叫他或动他，这就是“过阴”，到阎王爷那儿去查看生死簿，而在这期间如果有谁喊他，那他的魂就回不来了。所以说，这个阴床相当于到阴间的一个入口。有这种情况，就是包公到阴间调查，发现真凶在生死簿上早就有记录，那么这个案子别人就破不了，而只有他才能够破。

当天晚上，包公随鬼魂入阴间，只见陈二狗尸体平放着，死状异样，但验尸结果并没查出谋害痕迹。正当要回转之际，鬼魂道：“你可曾验看那尸体的鼻子？”

包公说验了。鬼魂又道：“验那鼻孔深处啊！”

包公反问：“验那鼻孔深处？”

鬼魂说道：“那鼻子内大可做文章，倘从中钉上利钉，直通脑门，可不留痕迹而致人死亡！”

包公再去复验尸体，果然看到陈二狗的鼻孔内有两根铁钉，死因真相大白，可见凶手的作案手段十分奇特。

包公离开阴间，返回阳间，心里有数了。当然，以上都是传说演绎，不足为信。其后，包公再提审白云，他像是熟人似的对白云端详了一会，便细心询问：“你嫁给陈二狗几年了？”白云答道：“五年了。”

包公然后旁敲侧击问道：“你是否嫌自己的丈夫穷，起了歹心，将亲夫谋杀了，想重新嫁个有钱人？”

白云面露惊异之色：“我夫暴病死亡，小女子无依无靠，即便日后嫁人也希望大人成全。”

包公一语点破：“想你一个平常女子，如何懂得用鼻孔钉钉的奇特方法杀害陈二狗？”

白云更是呈恐慌之色，大喊冤枉，后又心惊胆战地问：“大人如何得知？”包公便命仵作连夜开棺验尸，仵作奉命前往陈二狗墓地，掘墓开棺，尸体没有腐烂，鼻孔部位真的藏着两根长钉。

包公说：“除非你有过亲身经历，或者有同谋。否则你没这个胆量。”白云抵赖不过，只得如实招供串通姘夫谋害亲夫的事实。

原来，白云是个水性杨花的女子，在与陈二狗结婚之后，经常与人姘居，姘夫是个有钱大户。姘夫说："你年轻貌美，同样的一枝花，插在牛粪上不值钱，插入花瓶才价值高。很多时候，一个人的价值取决于所在的位置。我要让你成为我的正室。"白云听后便死心跟随了。于是她与姘夫合谋，用"钉穿鼻孔"之法害夫，不容易让人发现。那天，趁陈二狗酒醉睡着的时候，他们就合谋在他的两个鼻孔各钉进一根利钉，把他钉死了。

包公大喝一声："想不到你这般蛇蝎心肠。"白云懊丧不已地说："若非大人明察秋毫，此案断不能破。"

包公正色道："非也，作案之人，侥幸取巧，只能蒙蔽一时，不能长久隐藏，终有一天会暴露出来，并自食恶果。此乃天网恢恢，疏而不漏！"

女婿无良　禾鸽有凉亭

话说包公在端州坐堂之日，突然飞来两只禾鸽鸟，对着包公叽叽喳喳地叫，好像有一肚子话要对包公说。

包公觉得很奇怪，就对禾鸽说："难道你们也有冤情吗？"

两只禾鸽点点头。包公对禾鸽说："你们在前边带路。我派两个差人跟着你们，把你们的仇人抓回来好吗？"两只禾鸽又点点头。

禾鸽在前边飞，两个差人跟在后边。走呀，走呀。禾鸽见差人走累了，就落在路边的大榕树上，等差人在树下歇息片刻后再往前走。

又走了十多里，就到了四会县城。街道中有一间咸杂铺，禾鸽猛扇了几下翅膀飞进铺里，见仇人做了老板，坐在柜台后做生意，禾鸽就落到他的头上，在他的帽上一阵乱啄。老板还觉得挺有趣，正要伸手捉禾鸽，两位差人到了。

差人指着老板厉声喝道："跪下！"

"两位大人，请问我有何过错？"

"哼，你还想抵赖！知州派我们来捉拿你了，休得啰唆！"两个差人用绳子把老板绑起来，押着他上路回端州。

原来，这个老板叫朱六，原住端州朝圣路，在一间店铺当伙计。有一天，老板派他去收账。他走到龙津坊一个村庄，天上突然下起大雨，他急忙跑到村边一间新建成的大屋屋檐下避雨。

天已黑了，雨还是下个不停，主人开门让他进屋，请他一起吃晚饭。他很感激，吃完晚饭就住下了。第二天，主人叫他吃过中午饭再走，他吞吞吐吐，流露出喜欢屋主人女儿的意思。主人很高兴地说："我没有儿子，只有这个独生女，你就做上门女婿吧。"

第二年，朱六上门办了婚事，不久老丈人就去世了。这朱六并非真的中意主人的女儿，只是看中了她家里有钱，他见岳父死了，便想谋财的机会到了。一天晚上，他杀害了妻子和岳母，把她们的尸体埋在厨房的灶脚下，掠走了值钱的财物，逃到四会，自己开铺头做老板。

按道理说，朱六应是"富贵"了，但他为啥还杀人？其一，朱六是上门女婿，吃的是"软"饭，也得看妻子和岳母的脸色。其二，朱六心术不正，想一夜暴富。谁知，他的妻子和岳母死后变成两只禾鸽，就飞进公堂，落在包公的案台上申冤。

再说朱六被带到了公堂，差人把他按在地上跪下，包公把惊堂木一拍，说："把你做的那伤天害理之事从实招来！"

朱六见包公坐在上面，气势如虹，哪敢不说真话？包公频频追问，朱六招架不住提审，也知道瞒不住了，便把谋杀妻子和岳母的事一五一十地说了出来，说完了，朱六不住叩头："请大人恕罪，恕罪！"

"哼，杀人填命，欠债还钱，你犯了十恶不赦之罪，天理难容！左右，把这不仁不义的恶棍拉出去，等待斩首！"

禾鸽见大仇已报，不住地向包公点头，叽叽喳喳地欢快地叫着。

包公见两只禾鸽通人性，便命令手下在朝圣路东的空地上建了一座凉亭，供禾鸽栖宿，也供人们纳凉。于是，人们把这个亭称为"禾鸽亭"。

定下妙计　血衫叫街巷

话说一天黄昏，雷雨过后，云雾半遮，包公正从黄岗回端州城，走到芹田村之时，公差黄胜引着两个人来告状，一个叫黄善、一个叫进安。

黄善一见包公，便跪下叩禀："大人，小民家住芝兰，妻子琼娘与仆人进安回娘家东蕉园（今属鼎湖区），途中在跃龙窦口遇上三个歹徒，受了伤并被抢去首饰和包袱。如今凶手在逃，请大人为小民做主，擒拿歹徒归案，严惩不贷。"

包公听了，详问当事人进安。进安将经过陈述：当时天色未晚，但雾气漫漫，对面不相见。我随琼娘行上数里，又突然倾盆大雨，雷电交加，无法前行。因前不着村后不着店，我和琼娘只好在水窦口下避雨。忽然，有三个屠夫也来避雨，见琼娘头上插戴金银首饰较多。内有姓张的最凶狠，与俩伙伴私下里说："此娘子只有一小厮跟行，不如劫了她的首饰来分，胜做几日生意。"一个姓刘的赞同："此言极是。我前去将那小厮拿住，张兄将女子眼口扪了，吴兄去夺首饰。"

琼娘见这几人来的势头不妙，便将首饰拔下准备藏在袖中，吴兄作势来抢，琼娘紧紧抱住，哪肯放手。姓张的恐遇着其他人过来，恶行败露，便抽出一把屠刀将琼娘砍了一刀，琼娘跌倒在地，首饰被三人全部夺去。我连忙赶回黄家报知此事。

包公略思片刻，决定快速观察现场，一行人踩着泥泞前往跃龙水窦口。大雨过后，此处的一条小路变成一块沼泽地，连路都不见了。众人顾不得多想，沿着溪边前行，穿过一片草丛，便走近了这个水窦口。

护兵问："此窦口积水，脏兮兮的，怎么办？"包公说："那也得钻进去。"可护兵说："大人是知州身份，钻这狗洞一样的窦口有失尊严，我等还是叫进安进去吧。"包公说："昔日韩信落魄之时尚能钻人之胯下，我今天不外乎查案而去钻此水窦口，有何大失尊严？"说着第一个俯身钻进湿漉漉的水窦口去。护兵

见大人如此，也一个个跟着钻了过去。包公近前来看时，琼娘不省人事，满身是血，左臂被刀伤中，包公立即吩咐护兵请医医治琼娘。

包公走出水窦口，问进安："你可认得劫首饰的贼人?"进安道："贼人面貌与众人不同，像是一伙买猪屠夫的模样。"包公道："想贼人应在不远处，现在还是傍晚，料想他们尚未入城。"他便定下追查凶犯的妙计，吩咐黄善去取他妻子那一件血染短衫过来，并不可向外人张扬。再呼唤公差黄胜、李宝，带着一个生面人，教他将此短衫穿着，往城中遍街去喊叫，称道，今晚过跃龙水窦口，遇见三个屠夫被劫，其中有一个屠夫因与贼斗，被杀死在水窦口中，其他二人各自走了。

黄胜依教，领着一个生面人穿着血染短衫，满城去叫喊，惊动很多人上来围观，顿时议论纷纷。行到城西巷口张蛮门首，这时有个妇人慌慌张张地走来打听，担心地说："我丈夫张蛮也是个屠猪人，早午买猪，至今未归，不知同哪个伙伴去的，又没人问个实。我真担心!"

黄胜听见，就坐在对门店中等着。张蛮是在圩上卖猪肉的，因其练得一手切猪肉不用称而一刀准的本领，故被称为"张一刀"。他至入夜才回来，被黄胜、李宝一把抓住，押来见包公，随即从其身上搜出金银首饰数件。包公道："你快报出同行伙伴来，饶你的罪!"张蛮见事情败露，无法隐瞒，只得报出吴、刘二屠夫。

包公即差黄胜、李宝分头去捉。不一会儿，吴、刘二屠夫被捉来。吴、刘二屠夫起初不知道官府抓他俩的缘由，等见到张蛮跪在公堂之上，才惊得哑口无言。吴、刘二人身上被搜出首饰各数件。三人抵赖不过，只得从实招供他们的谋夺之事。

包公令司吏写就案卷，拟判张蛮等三人之罪，并把首饰交给了黄善。后来琼娘被名医医好，与黄善团圆。

牛角装谷　自行批死期

话说梁夔在端州做知州官期间，降伏了端州一只妖怪，囚禁在沥湖里。梁夔卸任后，这只妖怪不知为何从湖里逃跑出来，到处惹是生非，百姓不得安宁。

一天，妖怪扮人在羚羊峡路上走，这时，天色已经渐渐暗下，人疲马乏，所带的水与干粮亦已消耗得差不多了。只见迎面走来一个童子，那童子手里拿着一只很精致的黄牛角。妖怪走到童子跟前，一手把牛角抢了过来。童子反抗，被妖怪一脚踢下悬崖，之后便不见了。妖怪打开牛角尖，见里面有张纸，上面写着："要办事，请找仙师黄老奇。"妖怪于是改名换姓，自称仙师黄老奇。

就这样，黄老奇挂着牛角在裤腰，招摇过市，走到乡村。当时有个村民丢了一只猪，便请黄老奇施法寻找。黄老奇说，我是天上派来的官，法力通天，寻猪一事易过借火。黄老奇搭起神台，施展法术，猪自动跑了出来。

村民问黄老奇要什么报酬，黄老奇说："我不要什么东西，这是作法用的牛角，你在牛角里装满谷就行了。"

村民认为，一升谷足可以装满这只牛角了。谁知，任凭你大箩小箩往牛角里倒谷，就是装不满。后来，黄老奇对村民说："算了，算了，装不满我也不要了。"

原来，黄老奇贪得够多了，他家里的谷围、楼阁都已经装满了谷。

后来有州官和县官几次想捉拿他，只因证据不足，无法惩办。

"从善如登，从恶如崩。"有一次，时近黄昏，黄老奇走到一个叫"三眼窦"的地方，天阴下雨，他见路边一人把肩膀扛着的那沉甸甸的东西放到地上，发出"叮当"的声音。

黄老奇回过神来，打量地上的麻包袋，心想：这袋东西那么重，放下又有响声，一定是银子。黄老奇扭头张望，见四周空无一人，就用木棍把那人打倒在地，后又在那人头部狠狠地打了一棍，那人挣扎几下，就断气了。

黄老奇连忙解开地上的麻袋，他呆住了，袋里装的根本不是银元，而是瓷灯盏。原来，被害者装的是为村子里做灯会用的东西。黄老奇把尸体扛到山边的蕉树下掩埋，一边填土，一边说：

我失时（时运），你失觉（警觉），灯盏何须用髆托？你若想报仇，除非黄鳝有鳞马有角。

黄鳝为无鳞鱼，马也是无角的。此话意指，你想报仇，就等到黄鳝长出鳞，马头上生出两个角再说吧。

人道是，多行不义必自毙。不久，包公到端州上任了。有个街头卖唱的人，一见包公走出城门，就突然倒在地上，嘴吐白沫，两眼向上，口中念念有词："我在三眼窦被黄老奇害死了，埋在山边的蕉树下，求包大人为我申冤。"

包公听那口音不像唱词，感到非常惊奇。包公便差黄胜带着差人去到三眼窦附近的山边，只见此地倚山，气势雄伟，前水口有三石柱，脚踏龟蛇，龙祖罗伞遮顶，勾髻起廉贞。黄胜和差人果然在蕉树下挖出一具尸体。黄胜立即把黄老奇抓起来，带回见包公。

路人的魂附在卖唱人的身上说出了冤情，报了仇。任凭黄老奇如何说自己是天官，是法师，最终仍被包公判了死罪，真的应验了黄老奇的咒语“黄鳝有鳞马有角”。

原来，传说包公是仙人下凡，自有黄龙附身，龙的形状像是黄鳝一样。包公骑的马就是龙马，自然内藏有“角”。这个自称天官的妖怪黄老奇，就这样为自己批下了死期。

铁树开花　惹下大冤情

话说包公在端州做知州时，曾捉拿了不少妖怪，禁闭在府衙后面的深井里。那些妖怪问包公：“究竟到什么时候，我们才有机会重出生天呀？”

包公拿来一支铁棒插在井边，说：“铁树开花之日吧。”妖怪只好在井下慢慢熬了。

有一天，一个妇女背着个小孩子在井边休息，她解下背带，放孩子落草地，脱下孩子头上的红缨帽，将红缨帽顺手放在铁棒上。

井下的妖怪看见了红缨帽挂在铁棒上，误认为是铁树开花了。于是妖怪在井里跳上跳下，狂欢乱舞，搞到井水翻滚，地动树摇，使得人们以为是端州地震了。那妇女被吓坏了，急急忙忙抱着孩子就走，把背带和红缨帽留在了铁棒上。

包公走过来察看，便把红缨帽取走了。妖怪见铁棒上没了“花”，一只两只眼都大了，空欢喜一场，接着又哭丧着脸安静了下来。

那个妇女长得非常漂亮，贤惠淑德，膝下有一儿一女。她回到家里，将妖井的事跟丈夫说了，丈夫感到很惊奇，又觉得妖怪很恐怖，真怕有什么事发生，他提醒妻子，要时刻提防才好。然而，防不胜防，惹下大冤情。

丈夫名叫阿彭，为人豪爽，喜欢结交朋友。一天，他的一个朋友叫狗斗，来到他们家里，也听了铁树开花的奇事。狗斗见阿彭的妻子这么漂亮，被深深吸引住了，因而起了歹心。狗斗随即设计阴谋，他假意邀请阿彭到外地游玩，到了一个大池塘边，见左右无人，就把阿彭推进塘里淹死了。

一天过去了，妻子还不见丈夫归来，很担心。孩子们问：“娘，爹到哪里去了？为什么还不回来？”

“爹跟他的朋友去玩，我也不知道你爹这个朋友的住址，无处打听。”她长长叹了一口气，流下了眼泪。两个孩子见娘流泪，也跟着大哭起来，三个人哭成一团。邻居听见哭声，也伤心落泪。

三天后，狗斗上门编造假话，说阿彭出远门，托狗斗关照其妻儿。姐弟两人不知真假，走到一个池塘边玩。他们挖了一条蚯蚓，绑在一条麻线上放进塘里钓鱼。过了一会儿，他们看见麻线一动一动的，知道有鱼上钩了，连忙把钓鱼竿向上一提，谁知，钩上来的却是一只大蟛蜞。

蟛蜞，形似小螃蟹，大的如大拇指般大小。雄性螯足较大，雌性螯足较小，螯足没毛，步足有毛，多栖息于江河、池塘、沟渠等处的淡水洞穴中。钻洞能力很强，行走速度快。又因两只大螯似古人“拱手行礼”，故而被称为“礼云”。

这时，包公带着两个差人巡查路过这里。大蟛蜞爬到路中间，仰起头拱手行礼说：“包大人，包大人，求求你给我申冤！”包公见蟛蜞会说话，觉得奇怪，叫差人把蟛蜞带回衙门。

到了公堂，包公对蟛蜞说：“你有何冤情，细细禀来。”

蟛蜞说：“我有个朋友叫狗斗，想霸占我的妻子，假意和我外出游玩，把我推到池塘里淹死了。我死后放心不下，整天牵挂着妻子和子女，所以变作蟛蜞，被我的子女钓起，拦住大人告状。”

包公大怒，叫差人将狗斗抓来审问，狗斗的供词和蟛蜞说的一样，包公令差役把狗斗拿下。后来，阿彭还魂成人，合家团聚；而狗斗变作蟛蜞，放在深井下，也当作妖怪收服了。

口角纠纷　献计待复仇

话说包公有一次工作之余在端州院子里吟诗作赋，忽然一阵冷风吹来，天上飘下一片蕉叶，叶形如刀。

包公感到很奇怪，为什么这片蕉叶会飘到我跟前来，而且叶的形状像一把刀呢？包公领悟到，肯定会有案发生，而案子与蕉树有关，包公判断，事发蕉园村，后来一查果然如此。

包公若干人来到了端州蕉园村一户农家。此时，有个名叫胡须木的人两颊惨白，双眼充血，正蹲在地上气咻咻地磨刀。刀是杀狗杀猪用的好刀，在阳光下发出炫目的光。

包公推门进来，看到磨刀的胡须木，就问：“要杀猪宰羊吗？”

胡须木不认识包公，所以不惧，边磨刀边咬牙切齿地说：“崩牙狗，老子不杀你，誓不为人。”

包公问他想杀谁？是杀狗还是杀人？胡须木咬牙切齿地说：“杀崩牙狗！他让我没脸出门。”

原来，崩牙狗是个人名。那天，胡须木只是跟崩牙狗开了个不雅的玩笑，却被崩牙狗狠狠地扇了三个巴掌。胡须木当时真想跟崩牙狗拼命，但胡须木知道自己远远不是崩牙狗的对手，就只好在众人的哄笑声中愤然离去。

包公拍了拍胡须木的肩：“杀人偿命，杀了崩牙狗，你的命还要不要？”

“不要命也得出这口恶气！”

“命不要了，你媳妇怎么办？”

“留下，嫁人，随她便！”

“孩子怎么办？”

胡须木叹了口气：“不管了。你是什么人？你管我？你拦不住我，啥都别说了。杀人不过头点地，不出这口恶气，我誓不为人！”

“傻小子，我就是口若悬河地跟你讲道理也说不到你心里去。既然你执拗得八头牛也拉不回，我给你出个好主意。我吃的盐比你吃的饭还多，你气要出，账要算，不过现在还不是你算账的时候。”

胡须木仰着脸问：“你让我等到什么时候？”说着就将刀扔在地上。

“你想想就知道了，你现在刚把人杀掉，衙门的人就会把你捉去。一命换一命，不值！君子报仇，十年不晚，你得等到偷偷杀了人，衙门不会怀疑你的时候。杀人，有情杀，有仇杀，有为财而杀，却没有无缘无故杀亲朋好友的。你什么时候和崩牙狗成了好朋友就什么时候杀他，到那时就没人怀疑你了。”

包公拾起地上的刀，语重心长地说：“刀我放着，时机成熟了自会给你。大丈夫能屈能伸，为了能报仇雪恨，你现在就拿着礼品到崩牙狗家赔礼道歉。”

包公说到了胡须木的心坎上。

当天，胡须木搬着一箩香蕉，硬着头皮，带着笑脸敲崩牙狗家的门。崩牙狗开门一看是胡须木，愣住了。胡须木细声细气地说道：“狗哥，是我不对，我不该开玩笑伤害你，我给你赔礼道歉了。”

崩牙狗脸红得像猴腚一样，他把胡须木让到屋里，便让老婆多炒了几个菜。崩牙狗执意挽留胡须木吃饭，胡须木只好留了下来。

酒喝多了，胡须木从崩牙狗家走出门时扭伤了腿，不能走动，崩牙狗就背着胡须木看郎中。崩牙狗忙前忙后，陪了他整整一个通宵。第二天，崩牙狗还拿着鸡蛋第一个去看他。

待胡须木的腿治好了后，包公令人把胡须木叫到衙里，把刀递给胡须木说：“你报仇的时机到了，你现在可以杀崩牙狗了。”

胡须木一见包公，又惊又喜："我有眼无珠，不识包大人。说真的，我跟崩牙狗是好哥们，我不想杀崩牙狗了，刀放在你这吧。"

包公意味深长地一笑："傻小子，当初咱老祖先发明刀，本来就不是为了杀人啊。"

苦命鸳鸯　让凶手偿命

话说宋代端州，有陈、邵二姓称为盛族，陈家有子陈龙，邵家有子邵厚。陈龙聪俊而贫，邵厚奸猾而富，二人幼年同窗读书，皆未成婚。

城东刘胜原是宦族，有一女叫刘女娘，年方二八，为人聪敏，一闻父说便晓大意，诗、词、歌、赋样样皆通，远近争欲求聘。一日，其父与族兄商议道："女娘年已及笄，来议亲者无数，我欲择一佳婿，不论其人贫富，不知谁可以许？"兄答："古人择姻唯取婿之贤行，不以贫富而论。陈龙气宇轩昂，勤学诗书，虽则家寒，但此人不久后必当发达。贤弟不嫌，我当为媒，成全这段姻缘。"胜道："吾亦久闻此人，待我回去商议。"

刘胜辞兄回家，对妻张氏说将刘女娘许嫁陈龙之事。张氏答："须将此意通知女儿，试其意向如何。"女娘亦闻陈龙其人，口虽不言，但心慕已久。

未过一月，邵家命媒人来刘家议亲，刘家心向陈家，推托女儿尚幼，且待来年再议。媒人去后，刘兄密往陈家通意，陈老愧贫不敢应承。刘兄说："吾弟以令郎才俊轩昂，故愿以女适从，贫富非所论，但肯许允，即择日过门。"陈老便应允许亲。刘胜大喜，唤着裁缝即为陈龙做新衣服数件，只待择取吉日送女娘过门。

这时，邵家听知刘家之女许配陈家，深怀恨意，道："是我先令媒人议亲，却推女年幼，今便许适陈家。"此耻不容，想寻个事端陷害陈家。心想：陈家原是辽东卫军，久失在伍，今若是发配，正应陈老之子当行，使他不得成婚。邵家便状告端州，告陈龙逃军。官爷审理其事，册籍已除军名，没有根据，停止诉讼。

邵家有钱，买通上下关节，官爷便拘陈龙听审。陈家父子不能辩理，军批已出，陈龙发配远行，父子相拥而泣。龙道："遭值不幸，家贫亲老，今儿有此远役，父母无依，如何放心得下？"陈老说："虽则我年迈，亲戚尚有，旦暮必来看顾；只你命�，未完刘家之亲，不知此去还有相会日否？"龙道："儿正因此亲事致恨于仇家，今受这大祸，亲事尚敢望哉！"父子叹息一宿。次日，陈龙迳辞而别。有诗叹曰：

祸出事端皆议亲，偏逢邵府记前恨。
买通关节害陈子，刘女如何不痛心？

当刘家得知陈龙遭配之事，吁嗟不已，女娘心如刀割，恨不及陈郎相见一面，每对菱花，幽情别恨，难以与人说。

次年春，端州城里大疫，刘女父母双亡，费用已尽，家业凋零，房屋俱卖与他人。女娘孤苦无依，投在姑姑家居住，姑姑怜念之，爱如己生。常有人来其家与女娘议亲。姑姑以言试探道："你父母已丧，身无所依，先许陈氏之子，今从军远方，音耗不通，未知是生是死。今你还年轻，我给你介绍一个美郎君，以图终身之计如何？"

女娘听了，向姑哭诉道："我听得陈郎遭祸因我而起，如今要我再嫁他人，是不义。姑姑若怜我，我甘守姑家，以待陈郎之转，若倘有不幸，愿结来世姻缘；若要改嫁，宁就死路，决不相从。"

其姑见其刚烈，再不说及此事。自此刘女娘在姑家谨慎守着闺门，不是姑唤，足迹不出堂，人亦少见面。刘女娘不肯再嫁。又一年十月，山寇作乱，大兵临城，各家避难迁逃，女娘与姑姑亦逃难于远方。次年，山寇平息，民乃复业，女娘与姑回来时，厅屋被寇烧，荒残不堪居住，二人就租城西木舍安居。

不到一个月，适有宦家子弟"官二代"黄宽，骑马行至木舍前，正值女娘在厨房，黄宽见其"淡白梨花面，轻凝杨柳腰。拟兰花解语，比玉韵偏饶"，便于次日即令人前来议亲。女娘不肯，黄宽以官势压迫，务要强婚。其姑惊惧，对女娘道："彼父为官，若不许嫁，如何能够在此安居？"

女娘道："彼要强婚，儿只有死而已。姑且许他待过六十日后，父母孝服完满，便议过门，须缓缓退之。"姑依其言，直对来议者说，议亲人回报于黄宽，黄宽大喜："便过六十日来娶。"遂停其事。

忽一日，有三个辽东军家行到木舍中歇憩，有一军人见女娘问："姑娘从哪里来？我要赴封州投文书，打探个消息。"女娘问道："陈龙你可认识？"军人听了，即向前作揖道："你何以识得陈龙？"女娘道："陈龙是我丈夫，曾许嫁之，未完婚而别，故问及他。"军人道："你未改嫁吗？"女娘道："专等陈郎回来，不肯嫁人。"军人忽然泪下道："要见陈某，我便是也。"女娘大惊，不敢相信，再问及陈龙当初事情，陈龙将前事说了一遍，方信是真，二人相拥而哭。

另两个军伙闻其故，齐欢喜道："此千里之缘，岂偶然哉！我二人带来盘费钱若干，即与陈某今宵圆姻。”于是整备酒席，二军待之舍外，陈龙、女娘并姑三人在舍内饮。酒罢人散，陈龙与女娘进入房中，解衣就寝，互诉衷情，不胜凄楚。有诗为证：

天赐姻缘邂逅逢，难香忽至各西东。
恩情好女无凭据，尽在情怀恋恋中。

翌日，二军伙对陈龙道：“君初婚不可轻离，待我二人自去投文书，回来相邀，与女娘同往辽东，永谐鱼水之欢。”陈龙留此舍中与女娘成亲才二十日，黄宽听闻陈龙回来，恐亲事不成，即遣仆人到舍中诱陈龙到自己家，以逃军之罪扑杀了陈龙，密令将其尸身藏于瓦窑之中。

次日，黄宽令人来逼女娘过门。女娘忧思无计，及闻丈夫被黄宽所害，就于房中自缢。姑姑见了，救下女娘说：“想陈郎与你只有这几日姻缘，今已死矣，亦当绝念嫁与贵公子便是了，何必自苦如此。”女娘道：“女儿务要报夫之仇，与他同死，怎肯再嫁仇人?”其姑劝之不从，正无可奈何时，忽传包公到任。女娘闻之，即具状呈告包公。

包公审实女娘口词，女娘悲哭，将前情之事逐一诉知。包公即差公牌拘黄宽到衙审问，黄宽不肯招认。包公想道：既谋死人，须得尸首为证，彼方肯服，若无此对证，怎得明白？正在疑惑间，忽案前一阵狂风过，包公见起得怪异，遂喝一声道：“若是冤枉，可随公牌去。”那阵风从包公座前复绕三回，那支堂公牌即随风出城二十里，直旋入瓦窑里。

差人入窑中看时，发现一具男子尸首，面色未变，便令人抬入衙来回报包公。女娘一见，认出是丈夫的尸身，痛哭起来。验身上伤痕，乃是被黄宽捉去殴打而留下的伤。包公再提黄宽严审，黄宽无法隐瞒了，只能招服。包公将案件写成文卷，判黄宽偿命，追钱殡葬，让女娘收管。

包公追究出是邵家买吏陷害他人，判决邵厚发配远方充军。女娘终生守节，全其烈志。

石磨沉尸 破案靠神机

话说有一次包公出行，正坐着轿子，行至端州石桥头那棵大榕树下，忽然，有一根桉树树枝从天而降，拦住了包公的过路。在其他人看来，那不过就是一根树枝，可包公却看到那桉树树枝立着，干枯的叶子似有泪珠滴下，当时包公就觉得很奇怪。

此地并无桉树，怎会从天而降呢？包公上前摸了一下干叶，那树枝立即倒向北边的一间豆腐铺。包公心想，干枯的桉树流泪到底代表什么呢？包公突然明白过来，这代表是个“案”字。因此包公断定这个地方有冤案发生，于是命令手下的人去查。忽然一阵阴风刮过来，把包公轿子的顶盖给掀走了，掉到石桥头的碧波水塘里，包公就派衙役去碧波水塘里捞顶盖，结果却捞到一具尸体。

包公不动声色地走进豆腐铺，和店主夫妻闲聊：“老板，你这间店太破烂了，应该修理一下了。”

“豆腐生意不好做，我想卖了这间店回家乡了。”

“真的卖吗？我进去看看你的家当值多少钱，有合适的人，我给你介绍。”包公走进磨坊，他发现一处很奇怪，便问道：“你们两公婆，怎么要用两只大石磨？怎么一只磨没了上磨盘？”

女店主说：“上磨盘烂了。”

“上磨盘怎么会烂呢？这很难烂的吧？”

男店主慌了，对女店主说：“你不要乱说。”男店主镇静下来，说：“我的侄子从云浮到这里开了一间削竹篾的店，扛了上磨盘到塘里压竹篾。竹篾上来了，磨盘却不拿上来。提起这件事我就生气。”

包公说：“原来是这样。”这时，衙役上前报告，碧波水塘之下有一件上磨盘，尸体就是在磨盘下发现的，死因不明。包公问店主：“这个上磨盘是你的吧？”男店主支支吾吾。包公大喝一声：“这个石磨盘是不是你的？”

“对对对，这磨盘是我的。”

“你为何要把石磨放进塘里？”

“我的侄子扛去压竹篾。”

“你这石磨为什么会压着一具尸体？”

“这……”豆腐店老板脸如土色，无话可说。

“从实招来，否则，先打一百大板，再上夹棍！”

“大老爷，别打，别打，我说！”他把一切都招供了。

原来，这夫妻两人在石桥头那棵大榕树的北边开了一间豆腐铺，生意比较萧条。一天傍晚，有个青年人路过这里，见天色已晚，要求在豆腐店留宿。男店主说：“这里很简陋，也没什么好饭菜，喝点豆浆，吃点豆腐吧。若不嫌弃，你就在这里住一晚，那边刚好有一张空床。”青年人连声道谢。

女店主问：“大哥，你是做什么生意的？”

“我是牛江客（即牛贩子），做点小本生意，准备去买几只牛回来卖。”

牛江客睡着了。女店主偷偷走进牛江客住的房间，摸到他枕头下的钱袋，感到沉甸甸的，便悄悄对随后跟进来的丈夫说：“这袋钱数目不少，得到它比我们做一年豆腐生意赚得还多。”

丈夫点头说：“对，对。”夫妇两人拿来绳索和豆腐刀，杀死牛江客后，把他的尸体扔进石桥头的碧波水塘里，再用上磨盘压住尸体，想瞒天过海。豆腐铺夫妇又怎知道包公会如此神奇地破了这个案呢？真是：金钱本是身外物，取之有道才安宁。

婶嫂夺子　包公施妙计

话说端州春耕时节，一日，包公出巡睦岗的桂林小圩，行至岗边村，见一牧童正坐于小道旁啼哭，便唤包兴上前询问。

牧童正哭得起劲，忽觉有人拉他衣袖，擦擦泪眼，朝上一瞧，见是包大人一行，立刻上前跪下，直喊冤：“冤枉啊，大人！”

包公笑着问：“当今天下太平，你一个小孩何来冤枉？”

“大人啊，我家那头小牛说我欺负它！”

包公更是捻须大笑了：“这可奇了？你慢慢道来。”

“大人，您可知道，我每天为牛梳毛、喂水，找最好的草给牛吃，还吹最好的乐曲给牛听，可牛竟不识好歹，说我欺负它！好心却不得好报，这不是冤枉我吗？大人可要为我做主啊！”

“真有此事？好好好，我传小牛过来！”

一头小牛慢悠悠地走来了。包公问：“小牛，你家牧童说你冤枉他，可有此事？”

想不到小牛不仅通人性，而且会说话。“大人，您是明白人。俗话说，人善被人欺，马善被人骑。不仅马善被人骑，牛善也被人骑啊！我这主人天天骑着我到处闲逛，累得我够呛，他倒有心情，说什么‘牧童横笛频频吹’。吹短笛的声音也真够难听的，吹得我心烦意乱。您说，是他冤枉，还是我冤枉？请大人明鉴！”小牛委屈地说。

“嗯、嗯、嗯……”包公捻着胡须，沉思着。此时，包兴上前，附在包公的耳畔，轻声道：“大人，清官难断家务事，我们还是尽快走吧！”

“咳、咳……”包公故意干咳了几声，道：“牧童，小牛，你们听判，牧童，我罚你下辈子做小牛；小牛呢，我罚你下辈子做牧童。角色互换，试试看!”

牧童一听，大叫一声：“啊？我不愿意!”

小牛倒是乐了，频频点头：“好啊……”

包公笑哈哈地说：“牧童和小牛本是一对好朋友，反目成仇是不应该的。今天本官劝你们言归于好。”包兴也上来说道：

童子有道，小牛有德。横笛频吹，舔犊难得。

小牛有道，童子有德。养家糊口，聊以度日。

过了不久，有一天，包公在州衙坐堂，岗边村来了两个农妇，为了一个小孩而争闹喧嚷，上了公堂。包公一看小孩，想起这是之前见过的那个牧童，他是个孤儿。包公不知两个农妇为何争闹，便问是怎么一回事。两个妇人一个是大婶，另一个是大嫂。两人都说要做牧童的母亲，要求包公主持公道。婶嫂二人都是怒气冲冲的，各言其是，霎时间公堂之上乱作一团。堂下人白眼相看，难分真伪，不能分辨谁是真心实意把牧童作为儿子。包公一拍惊堂木，两个妇人都呆住了。

包公问大婶：“家住在哪里？”大婶答道：“家住在岗边村大屋下，可算得上是村中第一人家。”包公又问：“你姓甚名谁？”大婶答道：“我本是李花。”包公再问：“我来问你，牧童是你什么人？”大婶答道：“他是我亲伯生养的孩子，他成孤儿，我要养他。”包公问：“为何找我？”大婶答道：“我听百姓道你为官……”包公问：“如何？”大婶说：“清正哪！众百姓都道你为官清正，断了不少冤屈之案，贤名远扬。你若将牧童判给我，我祝你子子孙孙，头戴着乌纱，身穿着解袍，腰横着玉带，足蹬着朝靴，永在朝门；你若是断不判牧童给我……”包公问：“又会如何？”大婶答道：“在端州你枉为清官。”

包公问大嫂：“你为何要把牧童当作儿子抚养？”大嫂说：“他白天讨饭，苦之不尽，夜晚与牛共住一棚。我念他多可怜，决定将他抚养成人。”

包公用好言抚慰她们后，立即判定，令两妇人一人拉小孩的一只手，谁拉赢了那个小孩就是谁的。大婶和大嫂在经过一番拉扯之后，大嫂含着泪松开了手，输了。但是，最终包公却把小孩判给了那位大嫂。

别人不明其理，满腹疑惑，包公说道：“谁会忍心让自己的小孩受到伤害啊？她放手是因为她心疼她的孩子！你没看见她是含着泪的吗？”大婶听了无话可说。于是包公就把孩子还给了这位“母亲”。

两个妇人听完判决，都说这样公平合理，于是谢过包公，携手走出公堂。

紫砚是宝　贪心成大害

话说端州城外建有一座祠庙，供穷孩子读书。后来庙毁，邑人重建，并改为文庙，在附近又加建文昌阁。

据传，端州有个叫筱雨的孩童，是个遗腹子，母子二人相依为命，家贫如洗。他六岁那年，看着伙伴进了蒙童馆，便在家里发呆。一天母亲把书包递给他，他哭了。“娘，俺家出不起束修（给先生的学费），别念书了。”母亲说：“家里再贫，娘也要供你念书。”为了那束修，母亲为人作佣，夜夜浆洗缝补到五更，二十几岁的人瘦得像五六十岁的老太婆。筱雨哭了，好心痛，便爬树摸鸟蛋给母亲补养，却被老师发现，用那块刻有“游手好闲不用功念书者，罚”的督学竹板狠打了一顿屁股，还连累母亲担个“教子不严”的罪名，罚在祠堂门外跪了一天。

不料此事被路过的包公看见，包公不忘自己过去的身世和经历，同情读不起书的穷孩子。这是包公倡建庙的缘起。

不久，筱雨的母亲病故了。筱雨和堂哥堂嫂住在一起，靠砍柴为生。一天筱雨上山砍柴，砍着砍着，天突然下起雨来，他便赶紧找地方避雨。看到前面有座祠庙，他便进去避雨。过了一会儿雨渐渐停了，他刚想出去，突然听到有嘈杂的脚步声，并远远看到一群山人向这里走来。筱雨很害怕，便赶紧爬到屋梁上躲避。

很快一群山人走了进来，只听一个人讨好地对另一个人说：“虎哥，兄弟最近得了一件宝贝，能变出好多好东西，所以今天特请诸位大哥前来一聚。”虎哥高兴地说：“猴子真是好兄弟，快拿出来给大家瞅瞅吧。”只见猴子从胸前拿出小巴掌大的紫玉砚，筱雨向外探了一下身子，想看清楚是什么宝贝。却听虎哥突然说道：“看看有没有外人藏在此处？”筱雨一惊，赶紧把身子缩回去，一动也不敢动了。猴子说：“虎哥，这里哪有外人，大哥你连人都敢吃，谁不怕你呀？”虎哥哼了一声：“也是！赶紧说这个宝贝有什么神奇之处吧！”筱雨听了，悬着的心才略微放下了一些。只听猴子说道：“这个宝贝啊，只要你一念咒语，你想要的东西就会出现在眼前。”只见猴子念了念咒语，眨眼间一桌美酒佳肴就出现在他们面前。于是他们坐下来开始喝酒划拳，一直喝到东倒西歪，趴下来呼呼大睡。

天黑了，他们睡熟了。紫玉砚在夜色中发出紫光。筱雨心想，拿这宝贝用几天，为哥嫂纾困吧。于是悄悄爬下来，蹑手蹑脚走到桌旁，小心地拿起紫玉砚揣到怀里，然后撒腿就跑，一直跑回家。

堂嫂子看筱雨气喘吁吁地跑回来，柴没半根，砍柴的工具也没有了，便责问他。筱雨便一五一十地将事情的经过告诉了嫂子，并拿出宝贝来演示给哥嫂看。嫂子看了很是眼馋，便对筱雨说："把你这宝贝借给嫂子用两天吧！"筱雨答应了。嫂子很高兴，拿着宝贝回屋又是变好吃的，又是变新衣服、胭脂水粉……

嫂子对宝贝很不舍，怕筱雨过两天后追还，便怂恿丈夫把筱雨弄死。丈夫在妻子的软磨硬泡下只得同意。过了一天，堂哥拿着砍柴工具与筱雨上山，一说是打柴，二说是归还宝物。二人行至半山，堂哥突然将筱雨推下了山崖。

谁料，一群山人恰巧看见了，搭救了筱雨。筱雨讲出真情，山人气呼呼地说："追回咱们的宝贝！"他们一起来到筱雨哥嫂家，筱雨堂哥听了吓得浑身发颤，想跑已经来不及了。只见山人将他揪了下来，逼他交出宝贝。筱雨堂哥说宝贝不在自己手上，可这群山人哪里肯信。见再三逼问之下堂哥还是不肯交出宝贝，他们火了，在筱雨堂哥的脖子上套上了绳子，然后拽着绳子往城里找包公评理……

天黑了，丈夫还没有回来，嫂子急了，知道肯定是凶多吉少了。她顾不得害怕，立即点上火上山去找丈夫。刚出门，包公派差人请她去衙门。包公令她将紫玉砚宝贝拿出来，她死活不肯。她发现了衙门的人正在抢救自己奄奄一息的丈夫，便想赶紧背他回家。包公说："正在抢救呢，怎能回家？既然紫玉砚很灵，说不定这宝贝能够救你丈夫的命。否则就要出人命了。"

后来，这嫂子又推搪了好半天。包公看着她那已经断气的丈夫，就说了一句："不可救药了。"嫂子一见蒙了，看等不及了，就拿出宝贝使劲地念咒语，可是已经晚了，只听"咚"的一声，丈夫的舌头伸直了，已经气绝身亡了。嫂子立即扔了手上的紫玉砚，扑了过去，后悔是自己的贪心和任性害了丈夫。

不负朝廷　阴间除妖魔

话说包公治理端州，人民乐业，百姓讴歌，道不拾遗，犬不夜吠。真是国正天心顺，官清民自安。一日，包公正在陌上向躬耕勤农的村民了解一件案情，忽报朝廷有圣旨到。

包公立即打开一看，诏曰：朕今被妖怪迷惑，朝廷内外混乱不明。朕心日夜忧烦，寝食不安。满朝文武，皆无拨乱诱正之法，妖势猖狂，危于旦夕。诏书到日，即刻回朝，除灭怪异，扫荡妖气，计功升赏，无负朕心。钦此。

包公看完诏书，知是朝廷有变。包公心想，圣上所说缘故，并非一日可以解决，便即回奏道："万岁放心！量此妖怪，知他作怪，不久去除。容臣数日，再回开封府去，好好治理。"当时包公在端州审着一件案未能完结，才如此上奏圣恩。圣上闻言，喜忧参半。吩咐王朝和马汉，宣包公案件一破，火速入朝，不得迟延。

案情是这样的，有人诬告黄郎一伙交结瑶人，图谋造反，将他们屈打成招，监禁起来。包公闻言，亲自堂审。只见衙役取出三十六般刑具，般般摆列在西廊之下，于大牢里提出一班人犯，齐到堂前。包公点数，除了六个村民，还有八个衙差，一个县官，一个师爷。包公一见，笑道："不必再审，且令监起。待我今日与瑶主相见，然后审问，自然没有任何差错。"包公将一干犯人复取入监去。

却说黄郎等六人，又被包公监禁在狱中，面面相觑，无计可施，私自商量道："包公说他今日见瑶主，明日审问我等事情。瑶主知道后，必然讲出真相。只怕是'法是宝，廉是福，官私欲，百姓哭'。"

原来当时县官认为黄郎一伙是刁民，才监禁起来。县官的师爷吩咐手下做足工夫，不怕包公来拯救。县官也放心不下，今见包公不升堂审问，只好也跟随包公来见瑶主。

师爷闻得此消息，自笑道："待我变作瑶主，看你如何判断！"师爷即显神通，变为瑶主，坐于寨中。恰遇包公、县官与瑶主一同前来，闻报寨上已有一瑶主在管事。包公喝道："谁人胆敢如此！"径自走进寨堂上，着令公牌拿下。那个假瑶主走下寨来，真假瑶主混在一起，众人正不知哪个是真的，哪个是假的，如何敢行动？包公怒从心上起，抽身吩咐衙役："你众人紧守寨门，不得走透消息，待我查明。"众人领诺，包公退入后堂。

包公向包兴道："异怪难明，我要去阴间走一趟，除此恶孽。我要睡阴床，休得移动。"包兴担心包公安危，不同意这样做。

包公说："我生平正直，没有劣迹，况我阳寿未尽，焉有不去之理？地方不安宁，朝廷就不可能太平。"包兴再三不允。包公道："朝廷也有妖魔，可能与此相关。我上天朝见上帝，查看是何方妖魔走落凡间，扰乱尘世，让江山不得太平。若不如此，妖怪难除，朝廷不得安宁，是我为臣之罪也。你放心吧，不必多虑！"随后，包公将衣领所带的孔雀血细嚼几口，躺上阴床去阴间了。

在阴间，假瑶主师爷问："你是什么人呀？"包公说："我是五鬼头人。"假谣主师爷再问："我有几个兄弟，也和你结拜成兄弟好吗？"包公说："好，我想给每位兄弟做个记号。"

“五鬼头人大哥，你要做什么记号呢？”

“我要用红笔在每位兄弟的额头上画个圆圈。”假瑶主师爷同意了。于是，包公一个个给他们画圈，一共画了九个妖怪，其中一个是假瑶主。

包公回到阳间对差人说：“凡是头上画了红圆圈的人都捉起来，一个都不要漏。”

九个妖怪都被收回来了，包公把他们放在衙门的古井里镇住。然后把黄郎等六人放了，真瑶主也心安了。

包公捉拿了这班妖怪，就上京复命去了。

为官做官　民颂清官

包公在端州写下的“清心为治本，直道是身谋”一诗，是包拯的座右铭，是他为官、做人的准则，是清官胸怀博大的体现。古人认为，一官之廉，十吏效之，百民随之。一官之腐，百吏必从之，千民必附之。所以，后人提出：进门先拜“清风”二字，出衙再留正气一身。

郡斋题诗　文德播端州

话说包拯来到端州之前，积累了一些为官经验，他自己要做的第一件事就是自律。

包拯办公的地方叫端州署，位于今城中路红楼的后院内。当时，红楼就是州署旧址，院内有个清心堂。案桌上摆着文房四宝，纸是宣纸，墨是徽墨，是包拯家乡安徽生产之物。当他捧起一方砚时，有点眼生了，居然不是家乡的歙砚，他左观右赏，爱不释手，真是砚中极品呀。

端砚（端州的砚台）是当地名贵的特产，在文房四宝之中，与宣纸（安徽宣城的纸）、湖笔（浙江湖州的笔）、徽墨（安徽徽州的墨）齐名，在宋代是重要的贡品。过去的地方官常以向朝廷进贡的名义到处征收，遇有佳品就据为私有，以备日后行贿或作为礼品送人。

包拯把端砚赏玩了一回，然后取墨悠然而磨，墨已磨好，便取纸执笔，试看研墨如何，果然砚工出靓墨，难得呀！于是他想题写一首诗，但是，写点什么内容呢？他想到自己从长天县调来端州，赴任途中，正值早春，乘船而下，江水清澈，山色舒展，航道曲折。一番往事袭心头，他取笔舔墨，一挥而就地写下了千古名篇：

清心为治本，直道是身谋。
秀干终成栋，精钢不作钩。
仓充鼠雀喜，草尽狐兔愁。
史册有遗训，无贻来者羞。

整首诗仿佛在向世人宣布：端正思想是吏治的根本，刚直的品性是修身的原则。优质的大树终成栋梁之材，柔韧的好钢也不愿枉道而行。仓廪丰实让那些鼠雀兔狐之辈可高兴了，如果没什么好处那些贪官污吏就发愁。在这方面历史上留下了许多教训，不要做出使后人蒙羞的事情吧！

刚写完八句，包兴来报说：“门前客到！”包拯收笔而起。同僚们闲步到书房之内，看见桌上有诗，读之词意俱美。他们在对待这首《书端州郡斋壁》的态度上，保持着惊人的一致——这首诗写得好！简直就是经典中的经典。因为他们都领略到包拯在端州的施政方针了，就是人要自律，地要丰收，所以个个称赞。当然，也有个别人不以为然，看你包黑子能否以身作则？

当然，后人最终考评包拯的结果是“公行也备，才也果，言也诚，志也忠，自初仕逮于考终命，其节未尝少衰变”。这是后话。“人要自律，地要丰收”，这样的信息发布出去，成了全城内外热门的话题。包拯成名端州，也就由一首诗开始了。

事后，据传梁燮吟诵起一首赞包公的《潇湘夜雨》词：

铁笔凌云，郡斋题壁，铮铮大吕黄钟。振发聩，腕底吐长虹。穷僻壤，民歌善政，合肥客，座挹春风。论青史，改写端州，文德播英雄。

世人皆已醉，君能独醒，律己明宗。仕林修干，泰岳寒松。情堪敬，清心直道，威尽慑，兔迹狐踪。苔难掩，龙蓌满壁，留待碧纱笼！

再说，包拯把诗写好了之后，与同僚们共谈古今，议论了一番时事。包拯送客出门，复转书房，将端砚捧出清心堂，与笔一齐放在堂后的池水清洗。“可三日不洗面，不可三日不洗砚。”当时池边有一座伞形小亭，亭中一石案，四石凳，可顾环水。不到一年，由于包拯常年洗砚不止，后来“一池碧水变为黑潭”，包拯的妻子开玩笑地说，这里应该改称为“墨池”了。

康熙十二年（1673）《肇庆府志》载：“洗砚池在府治西北，宋守包拯凿，国朝（明朝）宣德间，指挥傅贵据以畜鱼。成化元年，知府黄容复之，池中立亭，匾曰砚池清趣。”清代宋广业诗赞《洗砚池》，这是对包拯喜爱端砚的美好赞誉：

石友端江产，文房晨夕亲。
凭将池水碧，洗出墨花新。
珍重应如玉，摩挲更可人。
坚贞比廉吏，绝不染纤尘。

廉在思想　躬身听廉课

话说包公在端州有“五廉并举”——用现在的话来说，廉在思想、廉在政治、廉在社会、廉在亲属、廉在生活。

包公敬重有思想的人，经常去听梁燮讲课。梁燮二十岁中进士，当过南雄州通判，又做过端州知州，是个饱学之士，退居后在城外生活。包公就请他做星岩书院的校长，兼做自己的“思想老师”。

有一次，包公要去高要、四会各县府了解和查办贪官污吏。这事他与梁夔商量了，梁夔生怕包公下不了决心，决定要试他一试。

当时朝野上下弥漫着一股送礼之风，收受礼品不但不遭非议，反而成了一种善于待人交友、德高望重的标志。梁夔故意趁机收受了村民送的几斤香蕉。

一日黄昏，包公到星岩书院去，梁夔便说：“包大人，有人刚送我几斤香蕉，好端端地放在桌上，如今一看，竟少了三个，莫非是给学生偷吃了，你要替我查一查，我要对贼施行礼教呢！”包公听了不觉好笑，心想学生吃几个香蕉，也值得这么认真吗？于是便对梁夔说：“几个香蕉吃了便算了，不必追究吧。”不料梁夔却认真地说：“你连校里小事都分不清，还敢下去查案？”包公一听明白了梁夔的用意，随即找来一班学生和梁夔等人，让每人伸出双手。

包公一个个地观察过去，学生的手都干爽的，唯有梁夔的手指甲沾着一些蕉液。包公发觉吃蕉的不是别人，正是梁夔自己，他正在犯难时，而梁夔却在旁一味催促，问他：“查到了吗？”包公说：“查是查到了，不过……”梁夔紧逼着说：“不过要徇私是吗？”这时，包公实在无法犹豫了，只得指出：“香蕉是你自己吃的。”

梁夔听了哈哈大笑，说：“你能遇事细心，判事无私，我便放心了。”接着梁夔喜笑颜开地向学生讲了一个“田母拒金”的故事——

战国时期，田稷任齐国宰相，兢兢业业，办事公正。一次，他的属吏送给他百两黄金，田稷几番推辞，最后碍于情面还是收下了。回去后，田稷将它原封不动地献给了母亲。

田母一见顿时面露怒容：“你为相三年，俸禄从没有这么多，难道是掠取民财、收受贿赂得来的？”田稷低下了头，以实情相告，田母严肃地说：“我听说士人严于修己、洁身自爱，不取苟得之物；坦荡磊落，不做诈伪之事。不义之事不存于心，不仁之财不入于家。你肩负着国家的重任，就应处处做出表率。而你却接受下属的贿赂，这是上欺瞒国君，下有负于百姓，实在让我痛心啊！速将金子退回，请朝廷发落吧！”

田稷听了母亲的话，羞愧万分，先将百金如数退还，又立即到朝廷坦陈过错，请求罢相。齐宣王听后，对田母的道德风范称赞不已，他对群臣说：“有贤母必有良臣！相母之贤如此，何愁我齐国吏治不清。赦免相国无罪。”并诏令天下学习田母廉洁清正、教子有方的高尚品德。田稷更加严以自律，后来成为齐国一代贤相。

包公听了这个故事，心中震撼，对学生说，自己也在听课，在“治欲病”、

“治己病”的同时，他非常注重培育崇廉尚洁的社会风气，从文化中挖掘廉洁基因，称梁燮讲课是廉教的一个新举措。

廉在政治　以魏征为镜

话说包公在端州，既有休闲娱乐，也有读书生活，大多时候他认为读书是一种政治生活。他家中有《唐书》，最爱读的人物是魏征。

魏征对包公一生影响较大。例如，包公读过这样一个故事。贞观四年(630)，荥阳一带连下大雨，淹了很多人家，魏征奉旨放赈救灾。到达灾区后，他发现大灾之年，当地官员还在为皇上修建洛阳宫，遂自作主张下令停建，把所有的建筑材料分给百姓修屋盖房。魏征回朝复命，唐太宗很不高兴。后来，听说灾区百姓都在欢呼皇帝万岁时，唐太宗又夸奖魏征不辱使命，很会办事。

包公在端州时也参照魏征的做法，勤政爱民，治理洪水。后人评包公时颇有感触，治学要耐得住寂寞，做人须经得起风雨。

例如，唐太宗有个女儿叫长乐公主。贞观六年（632），长乐公主出嫁的时候，太宗诏令后宫给她准备比她的姑姑永嘉公主多一倍的嫁妆。魏征听到这件事后，马上劝谏说，皇帝嫁女也要遵从“唐律”的规定办理，不应大操大办。长乐公主是长孙皇后生的，唐太宗于是就把魏征的这番话转告给了长孙皇后。长孙皇后感叹说：“妾听说陛下很敬重魏征，只是不知道为什么。今天听到他的进谏，能用义理来克制君主的感情，真是国家的好大臣啊！”唐太宗听后，没想到长孙皇后也这么通情达理，很是感动。

如果说魏征犯颜劝谏皇帝嫁女不能超标准办理的史迹，称得上忠良谏臣的话，那么，包公也是个坚持原则、不徇私情、非常称职的谏官。

魏征身为朝廷重臣，深受唐太宗赏识，可谓位高权重。然而，魏征一生无论为官还是做人都堪称楷模。史书记载，魏征既不偏爱声色犬马，也不喜聚珍宝古玩，只是收藏了许多有价值的图书典籍和名家墨宝。古人讲究“寿终正寝”，意思是年老病死后，灵堂要放在家中正屋正中的房间。令人难以置信的是，魏征病重的时候，家中居然简陋得连个正厅都没有。辞世之后，唐太宗欲按一品官的规格为他举行隆重的葬礼，被裴氏夫人婉拒。最后，朝廷只好按照魏征生前的遗愿，简单操办。

包公的一生基本与魏征相似。包公读书其本身有很强的政治性和目的性。他读了魏征的廉史，觉得有三个借鉴意义：首先，魏征是一位杰出的政治家。他刚直不阿，坚持原则，犯颜直谏，敢于在朝堂上冒犯皇帝威严，是辅佐唐太宗李世民成就“贞观之治”的著名功臣。其次，他是一位伟大的思想家。魏征“民为邦本，本固国宁”的治国理念、“载舟覆舟，所宜深慎”的民本思想、“兼听则明，偏信则暗”的工作方法以及“居安思危，戒奢以俭”的忧患意识不仅早已成为脍炙人口的至理名言，而且，业已成为一种独特的文化现象。再次，魏征本身就是一位举世公认的清官，受到了历代官员、百姓和家乡人民的敬仰和爱戴。

包公在端州选择读廉史，不是简单的兴趣支配，也不是工作的需要，而是他的一种精神和思想升华的必要方式，是一种基本的生活常态，是一种“别无选择”的选择。后来在宋皇祐二年（1050），包公担任了谏官的职务。一上任，包公就以魏征为师，精心选定魏征的三篇奏议，用蝇头小楷抄写呈奏宋仁宗，希望皇帝能够从中吸取经验教训，时刻警惕，以国家大事为重。包公对自己的经历曾做过十六字的总结：“披肝沥胆，冒犯威严，不知忌讳，不避怨仇。”可见包公读廉史入怀，不管是对百姓还是对皇帝，都能做到清心、直道、刚正。

廉在社会　密者应疏之

话说包公在端州，大小官员都怕他三分，因为包公说话刚直，开口就是廉洁。传说有一天，手下的人想讨好包公，就向他询问他祖先、祖父和父亲的名讳。包公说：“我祖上名字之字在日常生活中都会用到，很普通，没有避讳问题，你们不必打探了。”

包公为什么不说祖名，而手下的人总要打听呢？因为，中国古代很讲究避讳，一个人若是当官，他父母亲、祖父母甚至祖先的名字都是不能随便说的，说其中一个字也不行。唐朝的大诗人李贺，有一次被任命为长安县的县令，但他不当，为什么呢？就是因为他父亲叫李安，他说如果我做了长安县的县令，那么以后别人整天叫我的官名，同时也就会整天把我父亲的名字在嘴上挂来挂去。避讳在中国古代是十分重要的，对领导的父母亲名字避讳也是一项基本要求。

也正因为如此，包公到任的时候，他不向别人透露先辈的名字，防止避讳问题影响属下工作。当有人问他父亲叫什么名字，祖父叫什么名字时，包公马上就说：“我没有什么忌讳，也不怕忌讳，我唯一怕的，就是有人贪赃枉法。”结果，问的人马上吓得逃跑了。

包公自幼便接触儒家传统文化，并以儒家道德要求为行为准则。据说，包公亲民却“不亲”下属，当然不是不关心下属。他总是与下属保持适当的心理距离，既不会让自己显得高高在上，也不会使自己与下属互相混淆身份。他觉得这是管理的一种最佳状态，也是个人修养与良好个性的养成。想要保持一定的距离，就需要坚持一定的原则，这种原则应该对所有人都通用，这样既可以约束自己，也可以约束下属。掌握了这个原则，也就掌握了成功管理的秘诀。

包公认为，距离产生威信。与下属保持着适当的心理距离，可以避免下属的防备和紧张，可以减少下属对自己的恭维、奉承、送礼、行贿等行为，可以防止互相之间称兄道弟、吃喝不分。这样做既可以获得下属的尊重，又能树立自己的形象和威信，保证在工作中不丧失原则。

包公又说“疏者密之，密者疏之”，避免和某些下属走得过近，避免和某些下属过于疏远，这是知州管理的成功之道。他对包兴说，如今官场上，不少官吏喜欢攀亲戚、攀关系。在餐桌上，一听说是校友、老乡或是朋友的朋友、老乡的老乡，就立刻亲热起来。数杯酒下肚后，就开始呼朋唤友、称兄道弟，进而建立联系，有事没事一起出来吃吃饭、喝喝茶，一听到谁升了多大的官，就立马给他锦上添花。

包公还认为，不可否认，人脉在当今社会非常重要，积极与人交往是结交人脉的重要途径。但是，这种称兄道弟的关系一旦进入了官场，就变质、变味了。其一，很容易出现“一人晋升，鸡犬升天”的亲信派，因为是“兄弟”关系，所以一遇到实际问题，就把原则抛之脑后。其二，极易出现腐败现象。因为是“兄弟”关系，之间的距离就缩短了，说话做事就随意了。试想，果真这样，领导者在州县内如何服众？是不是会激起其他下属的反感和不满呢？

再说，包公为了防止“走后门”，干脆完全断绝了与高官显宦及亲朋故旧的私人书信往来。史载：“包公立朝刚毅，贵戚宦官，为之敛手。”“敛手”意思是“缩手”、“不敢妄为”。因为包公铁面无私，权贵都很害怕，不敢“通关节”、“走后门”、胡作非为。而包公对贪官污吏则嫉恶如仇，无论是宰执大臣，还是皇亲国戚，见其有过，必加弹劾。他不知忌讳，不避仇怨，宋嘉祐年间，被士大夫们称为“真中丞”，就是称赞他执法严峻，不徇私情。

廉在亲属　称道德名家

话说包公在端州提倡做事要清廉，对亲属也要求清廉，这样才能有良好的家风。

当时，端州有一个南汉朝的刘氏侄孙，名叫刘高，他问包公，清廉是什么意思，天下谁能做到？包公说，“清”就代表洁，“廉”表示干净。为什么用“廉”字表示干净的意思呢，因为“廉”字和“窗帘”的“帘”字相似，你家里窗帘不干净，说明你这户人家不廉洁啊。

刘高不服气，他问包公，你知道谁是清廉的？包公说，既然给了你十分优厚的待遇，当然就更有理由要求你奉公守法，不得贪污。宋代制定了不少防止官员贪污的办法，也还行之有效。例如官员在试用期满之后的转正与以后的升迁，都要有若干官员作保。本人犯了贪污罪，除依法严惩外，所有的保人都要连带受处分。一个人如果行为不检，没有人敢出面保你，你在仕途上就寸步难行。

包公又说，我记得汉朝有个大学问家叫贾谊，他就主张，官员犯错误，或者是经常犯错误，你不要看他贪污多少钱，你不要直接问他，你就委婉地说他家里的餐具和窗帘干净不干净。

包公的意思是，家里的餐具和窗帘干净不干净涉及亲属，因为在这方面亲属也有责任。所以，我虽然现在是一州之长，但是，我的衣服以及吃饭用的餐具，还是和老百姓一样的水平，还在继续使用，做到清廉。清廉的官员是人民的表率，贪污的官员则是危害人民的盗贼。

刘高一听，哑口无言。历史记载，包公的确“虽贵，衣服，器用，饮食如布衣时”，后来包公上中央做官，“仕至通显，奉已俭约如布衣时”。

在宋代，大贪污犯要严惩，即使是小贪，受了处分之后也要永远记录在案。每次调动都要再把罪行交代一次。退休时的待遇也要低人一等，该给子弟的荫庇也没有了，让贪官在晚辈面前丢脸。一个人犯贪污罪一次，终身受到歧视，影响所及，包公的家族也定出家规，凡是有过贪污行为的人，死后不许葬入本族坟山，永作孤魂野鬼！

据史料记载，包公的大儿子包繶，很年轻就病死了，大儿媳妇崔氏十九岁嫁到包家，二十一岁就当了寡妇。包公很可怜她，劝她改嫁。崔氏要抚养幼子，不愿改嫁。可是非常不幸的是，过了四年，幼子又病亡。包公夫妇不仅自己劝崔氏改嫁，而且动员亲家母吕氏（崔氏之母）来相劝。吕氏劝崔氏说：“丈夫死了，你守孩子；现在孩子又不在了，你还守什么呢？”崔氏却坚决地说：“谢谢母亲的好意，现在公婆已老，家里只有一个幼弟，我怎么能舍他们而去？”包公只有两个儿子，包繶早死，正因为崔氏尽心竭力把幼弟包绶抚养成人，包家才能子孙兴旺。

据包公的墓志与家谱记录，包公劝媳改嫁与媳妇崔氏抚育幼弟成才确有其事，并不是传说。这在包拯墓志、夫人董氏墓志、长媳崔氏墓志、次子包绶墓志、次媳文氏墓志与继孙包永年墓志中均有记载。

包公的亲属情况，可以用八个字概括：为家清白，素风泊然。包公为了孝顺父母，当官后毅然解官归田。十多年后父母相继去世，他才重新踏入仕途。包公临终时留下家训，儿子包绶才五岁。在他的严格要求下，妻子董氏，身为诰命夫人，却“无声伎珍怪之玩”，“素风泊然”。他的长媳崔氏，十九岁结婚，二十一岁守寡，愿代丈夫奉养公婆，抚育幼弟。他的次子包绶，历任多职，均“清苦守节，廉白是务”。包绶妻子文氏，是显赫的宰相文彦博的小女儿，也“薄于自奉，常不茹荤”。他的孙子包永年，官至县令，始终“廉勤自守”，“了无遗蓄”，人们誉之为“道德名家”。

廉在生活　不搞特殊化

话说包公在端州生活比较艰苦，有一年大旱灾，端州地区普遍闹饥荒。虽然有“米仓”存库粮，可以解决燃眉之急，但是，人多粮少灾期长，百姓都是按人头取米，天天吃稀饭。因为米粒少，人吃完一会儿就饿了。

包公一再嘱咐和教育家人要尽心恤民，廉洁奉公，清清白白做人，不搞特殊化。他认为他的生活和大家一样，不分高低。不应该百姓吃粗茶淡饭，自己的家人就吃大鱼大肉，这样就不算廉洁。包公说：“取信于民，为官清廉耿直，毫不徇私。”

一天，包公夫人董氏去夫子院。夫子院，就是师爷办公的地方。过去的师爷是由主人自己聘请或从家乡带来，主张“言从则留，言不从则去”，他与主人之间是非常亲密而平等的宾主或朋友关系，属知县幕僚，帮助知县参政议事，大多是一些有知识、有才华的人，所以包括知县在内都尊称他们为“老夫子”，而他们办公的院子就称为夫子院了。

董氏去夫子院请包兴将禄米送到家中，谁知，董氏让人用斗量过，发现多出了一斗，她不领包兴孝顺之情，便问是怎么回事，包兴回答说：“粮仓官的米在过斗时，按惯例是不要刮平斗口的。”董氏很生气，说：“你做这个小官，多拿公家的米来给我，不但对包公毫无裨益，反倒使我担心。”董氏想，包公为人清白，切不能在灾难之时蒙上受贿恶名。于是她决定，让包兴送回多余的米，并严厉责备包兴。包兴大为震惊，愧疚万分，之后追问仓官。后来，包公知道了此事，依法判仓官的罪，众官皆面有愧色。董氏为人清白廉洁，其“量禀退米”之举，被尊为中国古代的“贤妻”之范。

有人说包公笑得很少，“包公笑比黄河清”。这句话是什么意思呢，这是说包公笑一回相当于把黄河水变清一回，太难了。

当时，端州有一个驿吏的儿子出生了，他就给儿子取名叫贺水清，包公曾经问他这名字的缘故，他就说是从包大人这儿来的，他还笑说正是因此，希望端州山水常清，包大人也常笑。

包大人能常笑吗？不可能，因为包公是“铁面无私”的。包公的黑脸本身就具有“铁面”的特征。我们知道，铁的颜色是黑的，包公的黑脸就象征他像铁一样坚硬，像铁一样不容易变化。

那么这个“铁面无私”实际上所说的主要是什么问题呢？包公说：“身为朝廷官员，实际上代表的是国家共同利益、皇帝的利益、天下的利益，而‘私’所代表的只是小家族的利益、亲属团体利益。作为一个官员，在‘公’和‘家’这两者之间要找到一个好的结合点和平衡点，为官不能弃公，不能背公为私，也不能假公济私。如果做官的连这个要求都做不到的话，那就违反了皇帝任命我们做官的基本目标和要求。”

在旱灾这段日子，包公铁面无私，从来不搞特殊化，始终和百姓们一样吃稀饭。他的护卫实在看不下去了，有一天，护卫煮了半斤干饭给包公。一开始包公很奇怪，便问护卫，同僚们今天也吃这样的饭吗？护卫不敢隐瞒，便说了实话。包公听了，说：“我不会吃的，同僚们吃什么，百姓们吃什么，我就吃什么，我不应该有特殊待遇。”不能只要求别人做到而自己却做不到，只有自己做到了，这样才能使自己知行合一、品行端正。

包公还说：“国家既然给了我十分优厚的待遇，当然就更有理由要求自己奉公守法，不得贪污。我的升迁，都要有若干官员作保。如果我犯了贪污罪，除依法严惩外，所有的保人都要连带受处分，这不连累他人吗？”护卫见包公态度坚决，便拿回去了。

包公一生为人清廉，在端州他就做到了极致。

巧在测字　意在测能力

传言包公会测字，这个本领令人心生恐惧。一天，他与高要县令下乡调研，县令是本地人，本来无能力胜任本职工作，但是，由于“山中无老虎，猴子称霸王”，县令当之无愧。

当时，县令进了一间书屋后，沉吟了半晌没有说话，包公也静静地坐在那里，面带隐约的笑容，似乎对一切了然于胸。县令问包公：“你什么事情都能从一个字里看出来吗?”

包公说:“一事一测,一测一字。”

县令说:“我有件事,想知道个究竟。”县令用茶水在桌上写了个“每”字。包公脱口说道:“每在悔后,一定是有什么事令你后悔。”县令暗暗吃惊,一时语塞。包公又说道:“不如你把事情详细说说,我再帮你看究竟是怎样的结果?”

县令看着包公的眼睛,只觉得包公两眼中射出的目光如同针尖般的利刺直扎进自己的心底。县令挪开了目光讲:“有一天我很晚回家,在经过村中一条小路时听见一个女子的呼救声,隐约中还看到有人厮打,我想上前去看看,却发现歹徒手中拿着刀,我从来没遇到过这样的事,非常害怕。当时夜很深了,我手无寸铁,实在不敢上前,就走开了。但是这件事一直藏在我心里,每每想到就会后悔不已,不知道她后来如何,有没有受伤。你……帮我看看吧。”

包公说,你再写一个字。这时,县令在桌上用水信手写下个“尹”字。包公用手指敲了敲桌子,不平静地看着县令说:“伊人已逝。”

县令从椅子上惊跳起来,呆呆地望着包公,一时间说不出话来。包公的眼中透出令人陌生的锋芒,他盯视了县令一会儿,又说:“还有什么想问的吗?”

包公的猜测真的可信吗?这个结果对县令而言也太邪门了,它超出了县令的心理承受能力。县令问道:“她……是怎么死的?”

包公垂着眼睑说:“她是被捅死的。”

县令静静地坐下,又静静地站起身,却心乱如麻。在包公的注视下,县令一点点地远离他,想就此走开,逃离这个万分压抑的氛围。县令想:这个包大人太可怕,他不仅看透了我的字,更有一种说不出的感受,似乎看透了我的心。

当县令想走的时候,包公忽然站了起来。县令停住脚步回头望着他,只听包公说道:“你先别走,我讲个故事给你听。以前有个人,要砍掉院子里的树,别人问他为什么,他说院子里有树是‘口中有木’,为‘困’,不吉利。于是人家说,木没有了,剩下你一个人,那不是成了‘囚’吗?更加不吉利。这是说,有些时候即使不写出字来也是可以测字的。”

县令不明白他究竟要说什么,一时间糊涂了,心里如同冰川崩塌,浑身冰冷,四肢无力。县令突然说出六个字:“我是罪魁祸首!”

包公不但测字,还在测人,他耳闻目睹由广南转运使指派当地人临时代理的官,大多是不称职的。有的地方因为缺官,对管治边远地区很不利。使用的摄官(即当地土人作代理官,但临时代理官应为朝廷派遣的州县各“正官”)却专横跋扈,只知搜刮,不理政事。有些地方甚至缺官,百姓怨言。

于是,包公上奏《请选广南知州疏》文稿,说“远民困重,尤在得人”。要求朝廷改善吏治，选派德才兼备的人到广南任职，竭尽全力废弃贪官，起用良吏。包公在临离任端州前和回京后，又连续上了两篇《请派差广南职官疏》和《再请添差广南职官疏》（与《请选广南知州疏》并称为“三疏”），建议改善广南吏治。“三疏”都是在端州产生的，也是他的“治国先治吏”思想正式形成的代表作。

包公看相　知人而善任

话说包公在端州考察官吏，起用人才很严明，也很有特点。当时有一个名叫周明的读书人，他敬仰包公的德才而求学。周明思维敏捷，人有大志，深得包公器重，成为包公的门生，在端州属下的四会县当县令。

一天，包公到该县，一看见周明就忧愁地说：“你觉得工作压力大吗？”周明称是。包公又说：“你现在不但工作压力大，而且到了夏天会有更大的灾难。”周明心想，包公的话似真非真，会灵验吗？怎么到了夏天就会有更大的灾难呢？难道包公有上知天文、下晓地理的本领？如何能测到自己的祸福呢？周明一笑，把包公的话置之脑后。

到了荷月季节，绥江河水猛涨，船不能行，人不能走。周明到江边视察水情，看见一个少妇失足落水，恰巧有树挡着，并没有被洪水冲走。周明马上呼叫渔船，说：“谁能救起这个人，我出十两银子。”船夫纷纷去救，终于把少妇救了起来。他便把银子奖给了船夫。

少妇回家时，在路上遇到丈夫，便哭着把这件事告诉了他。丈夫心如沟渠，非常怀疑事情的真实性。到了晚上，夫妻俩一起到“防洪指挥部”去找周明答谢。周明已经关门，但还没睡觉。丈夫叫妻子敲门。周明问是谁，少妇回答说：“我是今天失足落水的那个女人，特来致谢。”

周明厉声说：“你是个妇人，我是个男人，孤男寡女的，晚上怎么能随便见面呢？快快回去！如果一定要来，明天与你丈夫一同来。”

丈夫见周明如此风云气概、倜傥情怀，他的疑惑一下子便消除了，便诚恳地说：“我们夫妇都在这里。”周明便披上衣服开门，当他刚刚走出房门时，只听房中“轰”地响了一声。他们惊慌地进去一看，原来“防洪指挥部”的后墙因久雨而倒塌，床铺已被压得粉碎。周明这时如果不出来，肯定要被压死。周明回想包公的话，灾难似乎灵验了。

这场洪灾后，几万亩良田受损，不少人家要搬迁。周明呈文端州请求“赈济”，盼望老师包公能多拨些粮食，让他早日渡过难关。但是，包公并没有因为周明是他的门生而徇私。

包公说，林子的木一样高、一样大，谁也参天不了。他要求周明，要早干，要自己干，要率先干，要高标准地干，要身先士卒，做好表率，不能做“甩手掌柜”。包公认为周明刚赴任县官，应该好好锻炼，碰到一些困难，他自己一件一件解决就是了。这件事虽然让周明很是不平，然而他真的干好了，而且干出了水平。

抗洪复产时，包公又一次来到四会县，检查灾后恢复生产的情况，他在“琴治亭”一见到周明就惊奇地说：“你满脸阴德相，一定是做了有大阴德的事情。”周明回答说，都是日常工作，没有做过有大阴德的事情。

包公笑问，无大阴德何来“琴治亭”呢？周明说，“琴治”引用了《吕氏春秋》中的一个典故，说的是宓子践在任单父县令时，身不下堂，鸣琴而治，轻轻松松地把单父治理得井井有条。后任县令巫马期却奔波于民间，凡事都要亲自去做，他便去问宓子践这其中的缘故。宓子践就告诉他说，我是重于用人，你是重于出力，用人者安逸，出力者当然劳累，后来的人们就用“琴治”来比喻鸣琴而治，以此来称颂为官者知人善任、政简事轻。

周明又说：“后来我想到包大人的聪明才智和用人之道能够与宓子践相比，就把此亭称为‘琴治亭’。”三年后，包公举荐周明为监察御史，周明大为感激，前往拜谢，包公挽住他的手说：“我为朝廷荐人才，非为门生谋官职，何谢之有？”周明道：“古人言，大丈夫处世，当立其德，立其功，立其言，我谢老师促我以立其德本。”

其实，包公举荐的是“能尽心敢救天下之弊、敢担天下之责者”的贤臣。包公是封建时代的官吏，他的断案也有失误之时。但是，包公断错了案，知错必改，不会固执己见，所以包公的威望越来越高。

有这样一个故事能说明包公知错必改：一个砍柴人邹敬在把柴禾卖给读书人卢日干时，忘记取出柴中的砍柴刀。当邹敬向卢日干索回柴刀时，卢日干竟赖而不给。于是邹敬把这件小事告到包公堂前。由于卢日干善于狡辩，加上他又是一个斯文的读书人，还是包公的学生，包公便站在卢日干一边，打了邹敬五板。后来邹敬不服，又一次向包公告状。包公终于弄清楚了情况，严厉地斥责了卢日干，同时也向邹敬赔礼道歉。

清心选士 应席答面试

话说包公在端州建立驿站之后，为了管理好这个“崧台驿站”，施行好自己的主张，决定在当地选一名称心的驿吏，协助衙门工作。

告示一贴出去，四面八方的文人学士纷纷前来应试。考试的第一个项目是做文章，由包公出题，让应试的人去做。数十张卷子包公一一亲自过目，从中挑选出了五个文才最高的人。考试的第二个项目是面试，包公一个一个地单独叫进去，随口出题，当面应答。

第一个人被叫进来了。这个人对包公毕恭毕敬，唯恐稍有失误，不能入选。他未进门就向包公打躬施礼；进得门来，一步叩一个头，一直叩到包公面前，口中说道：“小人恭听大人训教。”包公说：“这不是什么训教。你既来本府应试，就请起来入座攀话。”那人说：“还是跪着听老爷训教。”包公见他这样，也不再勉强，就说：“你的书面文章做得不错。今天我还要对你面试一番。”那人说：“请大人出题。”包公指指自己的脸说：“你看我长得怎么样?”那人说：“小人不敢放肆。”包公说：“这是考试，恕你无罪。”那人抬头一看包公的面容，哎呀，头和脸都黑得如烟熏火燎一般，乍一看，简直就像一个“黑人”；两眼大而圆，瞪起来，白多黑少，令人害怕。那人大吃一惊，心想：我若把他的模样如实讲出来，他一定火冒三丈，别说当驿吏，不挨他的狗头铡都算好的。当官的都爱听恭维话，我何不奉承他一番，讨他个欢喜呢！于是说：“啊，大人长得面方耳厚，脸膛红润，浓眉虎目，格外精神。福相呀!”包公听了，望着他向外摆摆手说：“行了，你回家去吧。”

接着第二个人被叫进来。包公一看，这人马脸皮白，一双眼珠没看人就打转。当包公又拿自己的脸进行提问时，他偷偷溜了包公一眼，不禁倒吸了一口凉气。包公要他随口应答，他眼珠儿转了几转，满面春风地说道：“哎哟，大人真是个清官呀!”包公问：“你能知我心?”他说：“我看大人长得眼如明星，眉似弯月，面色白里透红，纯粹是一副清官相貌啊!”包公一听又好气又好笑，这真是一派胡言啊！于是，包公不耐烦地对那人向外摆摆手。

包公面试完第五个人后，包兴进来了，问：“老爷，可有如意的?”包公摇摇头，叹了一口气说：“眼下还没选上一个。这些人为了讨得我的喜欢，他们竟然颠倒黑白，胡说八道，如果都像这样溜须拍马、专说瞎话，能把驿站管好吗?”包兴说：“忠良难找，你就将就着选一个吧。”包公说：“不行。如果选不着实心眼的人，我宁愿自己多劳，也不能凑合。”

此时，包兴说梁燮推荐了一个人。包公就吩咐那人进来。只见那人三十出头，年轻力壮，他坦然地来到包公面前，施礼说：“见过大人。”包公说：“免礼，坐下！”那人坐下后，包公说：“你是梁燮老先生推荐来的，文章定然不错！”那人道：“大人，文章做得再好，那只不过是纸面上的东西，不值几个钱。以小人之见，要报效国家，为百姓办好事，第一是要有德，第二才是要有才。”

包公一听，暗暗称是，便说：“考你文才没什么意思，不如说说我的容貌长得如何？”那人向包公认真打量了一下，说道：“脸如方锄，色似黑炭，额上阴阳，怕是疤痕——”

包公一听，故意把脸一沉：“放肆！难道你不怕我怪罪吗？”那人说：“大人，别生气。黑就是黑，难道我说一声‘白’，它就变白了？我不会黑白不分、颠倒黑白的。”包公说：“你是说我容貌丑陋，其心必奸呀。”那人说：“不然。奸与不奸在心而不在貌。历朝有黑如铁面的忠君之人，也有白脸奸臣。”

包公说：“你留在我身边当个驿吏吧。”真是：

树直且壮栋梁材，步正方能远道行。

广结名士　赢得好名声

话说包公任职端州已近三年，届满了，是去是留还须考察。宋代用人，非常重视舆论的评价，其任用的标准，主要是依据地方上的评议，亦即所谓“清议”，实际上就是一种舆论方面的鉴定。被舆论称誉的士人，才有可能成为推举的对象。

当时，端州有七名重囚犯在押，案情已明却未判决，包公提笔写《请令提刑亲按罪人》，主张提刑司亲自处理，力求公允，以“所冀刑狱无或冤滥”。

包公任知州，是没有生杀大权的，并非像传说中的那样权力无边。官员要凭着皇帝赐给的三口“钢铡”，才可以“先斩后奏”。因为当时宋朝法律规定，该判流刑和死刑的罪犯，地方上是无权判决的，必须上报中央审批，经皇帝钦定后才能实行，任何人都没有“先斩后奏”的权力。包公当时没有权威无边的三口“钢铡”。怎么办？请上级派人吧。

庆历二年（1042）三月，广南东道的提点刑狱周湛和副职钱聿来端州了。他俩是宋代“路”级的司法机构之官员，主要掌管刑狱之事，并总管所辖州、府、军的刑狱公事、核准死刑等，也有权对本路的其他官员和下属的州、县官员实施监察。这一来，正当包公届满，自然要接受考察，由此评定他是否清正。

先说案情，周湛、钱聿征求包公意见。包公认为，可将端州罪重的犯人上报回京，死刑执行方式有斩、绞二种。包公说，罪犯该判流刑或死刑，依大宋法律定夺吧。因为武帝规定，对贪赃枉法的官吏处死后，一律陈尸示众。他的小舅子也因贪赃被处死。

再说调查民意。周湛、钱聿见端州这里百业兴旺，民风淳朴，便向老百姓做调查。

包公平日与民交往，确实是体现了他的大智慧。他对一些年轻的名士采取与之结交为朋友的策略；对一些年长的名士，则低头向其求教。这样有利于争取名士对自己的了解和帮助，减少地方上的工作压力，也扩大自己的影响。

包公同绅士交往，谈孔学，论百家，说《诗经》，讲兵法，头头是道。他的分析与评论很有见地，表现出渊博的学识而且有济世之才。包公在士人中的名声非常好。绅士私下对周湛说："多年治郡，能够安端州的，必算包拯这个人了。"周湛听到后，非常感动。

周湛、钱聿谦恭下士，知道有一前官，定居端州，善于观察和品评人物，在百姓中也享有很高的声望。周、钱二人慕名前往，与前官交谈后，前官一方面感到包公与众不同，另一方面大概对周、钱二人的用意有所了解，故意拒不作答。周、钱二人感到这对包公很不公平。前官没有办法，只好说："他是一个太平时代的能臣，动乱时代的忠臣。"停了一下，他又说："我见过来端州做官的人多了，没有一个是像包公这样的。端州经常发生水患、地荒、峒挠，人多且乱，不是经邦济世的人才是不可能使端州安定下来的。能够安定端州的，大概就是包公了。我真愿意包公继续留下。"

周、钱二人听了这个评语，感到非常开心，大笑着离开了。

对于包公的勤政为民与清正廉明，众人啧啧称赞。周湛知道包公深得民心，自然不怀疑他的善政能力了。

三人同游　星岩留题壁

话说一连考察了几天之后，初九这一天，周湛、钱聿二人与包公到七星岩走了一趟。星岩沥湖边有一条水冲，叫跃龙冲。包公想起昨天晚上做了一个奇怪的梦，他梦见自己独自在跃龙冲边，忽然一条金龙飞过来，一对龙爪将他死死拴住，他大呼救命，金龙陡然腾空而起，向南飞驰，一直飞到一口塘上空才降落下来，后来金龙销声匿迹了，自己平安地站在塘埂上，眼前的绿叶捧着荷花，竞相开放，香气溢满荷塘，绿丛中有一束荷花，发出闪耀的亮光。正当他移步上前欣赏它时，突然水底一声巨响，水柱冲出几丈高。他一下子就惊醒了，当时正好天也亮了。

包公仔细琢磨起梦里的事来，就请周湛、钱聿为他解梦。周湛说："金龙即龙脉，那口塘是活龙口，那束闪闪发光的荷花是指一片荷花地，金龙将你带到荷花地，这象征包大人是清廉之人啊。"钱聿也说："荷花立在水中，预兆你包家将会代代享有殊荣。"包公双手作揖说道："两位大人哪里是解梦？是拿我寻开心啊！"

为了验证包公的话，就在这天午时，三人来到沥湖边，他们真的看到了那朵闪光的荷花。"百尺无寸枝，一生自孤直。"根须长在污泥之中，发光在清水之面，像个人形，一张紫红脸，身穿青绿袍，远远看是臣相。周湛、钱聿好像一下子明白了什么似的，和包公更亲近了。

周湛、钱聿和包公三人边说边走，不知不觉走到星岩的石室岩洞，看了前人留下的题壁。路人到此，无不驻足仰之。在这里，可以体味唐人的喜怒哀乐，豪情逸兴；感受唐人的草风沙雨，冷月寒霜，感受实实在在的大唐风韵。钱聿提议，大家也题上几句吧，不辜负到此一游。

好提议，但谁来题呢？宋代几乎人人能写诗词，作为可以登上天子堂的朝官们更是如此。然而，周湛说自己非太白诗仙，"眼前有景道不得"。钱聿也说："我无七步之才，'不敢题诗在上头'。"两人说还是包大人题吧。包公说，两位大人题之，当之无愧。

于是，三人你瞅瞅我，我看看你，谁也不肯动笔。包公听出不是揶揄之言，讪讪地说："两位大人作诗，我落款。"只见包公提笔写就下款：

提点刑狱周湛，同提点刑狱钱聿、知郡事包拯同至。庆历二年三月初九日题。

两位大人还在目瞪口呆地看字的功力，包公写好后却站在一边了。有落款却无人题诗。包公问，谁来冒出惊人之句，为后世惊叹呢？

最后，周湛哈哈大笑，说："好，就包大人之题，不用诗句也流芳百世了！"

包公只好自认"遭受暗算"，周湛、钱聿二人却笑了个痛快！就这样留下了包公的手迹，直到如今，这些字迹还清晰可见。有诗为证：

拂拭岩文览德辉，千年包拯见留题。
惊鸟绕匝洞外树，犹畏清威不敢栖。

诗人说，拂去岩洞中题名碑上的灰尘，感受包拯的道德风范，千古不朽的包拯留下了动人的题咏。受惊的小鸟在洞外的大树周围绕来绕去，可是一想起包拯的威严，也不敢在树上停留了。

包公离任 峡口遇风险

话说包公在端州为官届满了，朝廷派王朝、马汉接他回朝安排工作。临起程前一夜，包公做了一个梦，梦见一小鬼前来说道："明日龙王出巡，来往船只若有夹带赃物的，均会被大浪淹没。大人之船险也。"说完就消失了。

第二天，包公醒来，梦境还历历在目。他心中狐疑，我平生不做亏心事，为官一向廉洁爱民，怎么会做这样不祥的梦？然而，包公并没有被梦的预言吓倒，按原计划乘船离开端州。

那日，迎恩坊码头站满了人，纷纷面江而立，很多人焚香跪拜为包公送行。由于他在端州"人廉政、爱百姓、除贪官、修水利、兴教育"，赢得黎民百姓的爱戴。包公起船回朝，百姓都舍不得他离开，扳缆牵槁，强留多时。

当时有个徐老乡绅，知道包公来到"中国砚都"，却连一个端砚也没有留下，便用黄布包了一块上好的端砚，悄悄地找到包兴，说道："包大人在端州只为民做好事，但是从来不图回报，我们这些受惠的子民又怎么过意得去呢？这个砚台，就当是我们的一点心意吧！"

包兴自然明白包公的清廉，这个砚台是断然不会收的，如果自己收下转交，那岂不惹恼了他？于是眉头一皱，摇头摆手推辞道："这个砚我不能收。"徐老向来懂得人情世故，又能说会道，看到包兴的为难之处，于是说道："呵呵，我知道包大人向来清廉，不收任何礼品。但是，砚台是办公用品，只是端州特产，不是什么贵重物品，当作纪念品吧！"

包兴听完这一番说辞，心想有些道理，竟被说得有点动摇了。徐老察言观色，见包兴的态度有所软化，眼珠一转，便又想出一条小计，顺势向包兴献计道："我也明白包兄你为难，不如这样吧，我先用这黄布包着这砚台，你上船时一同带去，待回京以后再转交给大人。那时，你再向大人说明情况，大人深明大义，一定不会辜负黎民的一番好意。”包兴听得句句入情入理，便收下了砚台。

当包公的官船刚驶到羚羊峡口，整个端州上空突然闪电行雷，狂风大作，随后暴雨倾盆，平静的西江江面也掀起波浪，汹涌滔天，直扑官船，几乎颠覆官船，像是天怒人怨呀。连行船几十年的老艄公也从没见过这么奇异、可怕的现象。船上的人都惊恐万分，乱作一团，以为性命不保。包公则临危不乱，心中又想起梦里小鬼的话，感到梦必有因。于是马上令包兴严格检查船上所有物品，看有无夹带赃物。

包兴把所有东西检查后，并无发现赃物，包公下令王朝和马汉再查，亦无结果。这时风浪越加厉害，包兴顿然醒悟，莫非那块端砚就是赃物？于是拿出端砚把前因后果向包大人禀明一遍。包拯听后，皱起眉头，正色对包兴说：“我历来自勉‘清心为治本，直道是身谋’，这一次收受端砚不是违背了我做人的宗旨吗？”

包兴幡然悔悟，战战兢兢地说道：“大……大人，是我做错了。那现在……

这端砚可怎么处理啊?”包公打开一看，果然是一方宝贵的名砚，鱼脑冻、冰纹、金银线、鸲鸽眼、火捺一应俱全，砚上方雕刻的大鹏，栩栩如生，巧夺天工。一块小小的端砚，寄托着端州百姓无尽的思念。包公看着沉思了一下，走到船头毫不犹豫地说：“端砚是贡品，是宝物，是天地的精灵，是端州人民的财富，有更多的人需要，就让它发扬光大吧!”说罢走出船舱，把端砚向着端州方向投入江中。他面对“端石一斤，价值千金”的诱惑，始终不取一砚，保持了清廉的操守。

说也奇怪，砚一下江，江浪马上减弱了，但是狂风还没有平息。家人向船尾一看，原来是包端砚的那块黄布，被风吹起，挂在船尾上。包公又令家人把它扯下来，再扔下江面。霎时，世界不同了，西江风平浪静，上空青天无云，大地绿染如洗。后来，在包公投砚抛布的地方浮起了砚洲，黄布化为长长的黄沙滩。这就是包公不持一砚归的故事。于是民间有联：

万民景仰颂青天；
一砚不持留圣迹。

历史是一条大河，清官则是其中的一泓清流，从来也没有消失过。船行风雨转晴天，史书“不持一砚归”的“包青天”之名在端州应运而生。有《潇湘神·峡砚清风》词为证：

过砚洲，望砚洲，山南山北锁江流。犹忆当年包孝肃，清风远播寄行舟。

包公古祠　端州传碑史

话说包公离开端州二十年后病殁于开封，时年六十四岁（虚岁，中国古代及现在民间的习惯）。由于包公无论在朝廷还是在地方，无论做小吏还是做大官，都表现出高尚的为官道德，做出了卓越的政绩，宋嘉祐七年（1062），朝廷给包公的谥号是“孝肃”。

谥号是一个称号，是人死了以后被追认的荣誉称号。包公谥号“孝肃”。“肃”有两层意思，一个是“刚德克就”，另一个是“决心决断”，就是说包公刚直不阿，执法如山。“孝”字即体现包公对父母亲很孝顺。后人有联赞包公：

千载廉魂，古追尔，今呼尔；
一弯青月，国倚之，民仰之。

包公与世长辞后，全国许多包公曾任过职的地方都建有包公祠。离包公去世不到六年，肇庆就建起了包公祠。当时端州州官蒋绩敬仰包公的政绩及声望，奏请朝廷，在衙门左侧修建了包公祠，以激励官员“勤政为民”。

随后，肇庆建起包公祠九处，其中端州城区五处，鼎湖砚洲一处，四会三处。此外还修建有洗砚池、掷砚亭等纪念建筑。说明包公在历代都为肇庆广大人民群众所纪念、所敬仰。

现在保存最好的是肇庆市端州区“包公祠”、鼎湖区“包公楼”。端州在宋熙宁年间（1068—1077），郡守蒋绩建包公祠，纪念包拯。说明包拯在宋代就为广大的人民群众所纪念、所敬仰。宋淳祐七年（1247），肇庆府学吕中在府内建祠，合祭包拯和周敦颐。

包公形象在端州民间日益神化，包公祠的香火也越来越旺盛。据清康熙《肇庆府志》记载，当时的端州区包公祠在肇庆府治仪门左，即宋时端州州衙东侧，今肇庆中学之西、地区人民医院之东，临近城中路的位置。明成化元年（1465）有“易地迁建包公祠”计划，明弘治十七年（1504），肇庆知府黄瑜为方便百姓瞻仰祭祀，都宪潘蕃、佥宪许垣主持，于弘治十八年（1505）正月初六动工，是年四月初一包公祠落成，位于西门斜坡城内西北角，今肇庆市第十九小学校址内。

敬包公若神明，逐渐演绎成肇庆民间一种祈求神灵庇佑、逢凶化吉的乡俗。尤其是遇到旱涝之患或瘟疫流行，老百姓会敲锣打鼓将包公像从祠堂抬出来巡游，伴以舞狮、舞龙、放鞭炮，以求消灾保平安。20 世纪 40 年代就曾两次抬包公像巡游。一次是 1942 年久旱不雨，蝗虫为灾，稻谷失收，竹树开花，不少人饿死，当时老百姓就抬着包公像去巡游。1949 年夏西江洪水泛滥，景福围岌岌可危，人们又一次抬着包公像去巡堤。凡是政治黑暗、社会混乱、豪强横行、冤狱遍地之时，老百姓被欺压、被剥削得实在活不下去了，都会含泪呼天：“包公！您在哪里？”

但是，在文化大革命时期，包公祠内的造像、楹联、匾额被砸毁，原有的碑刻大部分散失，只留下一块明代镌刻的《重建宋孝肃包公祠堂记》。全祠被拆平之后在原址建学校。“正气大名留宇宙，道直千秋同岳峙。”1998 年，肇庆市政府于端州区城西厂排街大菜园村重新规划修复包公祠，2000 年 3 月 14 日，包公祠竣工对外开放，占地1.2万平方米，是人民纪念包公的见证。

步入包公祠主殿，正中端坐一座巨大的包公塑像。这尊塑像高约八尺，着金色，高大威严，正气凛然，使人心生敬意。旁绕四虎将立像，倍显英姿。两旁的配殿，陈列着有关包公在端州“丹心明志、挖井除疾、筑堤修路、兴教办学、为民申冤”等几幅壁画，记载了包公在端州的政绩。包公祠有一副对联总结了包公无私爱民的品格：

生为柱国，死作阎罗，宋代直臣第一；
堂溯枕书，洲留掷砚，端州循吏无双。

巍峨挺立的包公祠在周围村庄的反衬下格外醒目。高耸的牌坊、别致的山门、雄伟的大殿及配殿，亭、台、楼、阁、廊、井浑然一体，透出古朴大方、庄严肃穆之美，还夹杂了些许岭南古建筑的风韵。包公留给端州是“正直遗型传稗史，清忠福绩著端州”。有粤语童谣唱道：

包公包公到广东，任职端州好威风。贪官怕他狗头铡，恶霸怕他棍棒重。
百姓人人说他好，挖井排沥建桑农。兴教屯粮解民困，关心疾苦慰砚工。
一天包公离任去，万民流泪洒江中。不持一砚抛落水，化作砚洲映长空。

砚洲名楼　百年共景仰

话说肇庆人民对包公十分景仰，除了建包公祠还建有包公楼，位于羚羊峡下西江河中心的砚洲岛之东，人称“砚洲包公楼”，原称“包公祠”。砚洲，因宋朝包公“掷砚成洲”的传说而得名。

砚洲村民及社会人士为缅怀包公，激励后人，合力募捐而建此楼。清道光十四年（1834）建，楼层三叠，四合院式建筑，四周环以墙，后植以木。然而，岁月沧桑，时倦物易。时至同治七年（1868），因三楼溃危，修葺为两层，易名为“包公楼”。至今已有一百六十多年的历史，成为砚洲的名胜古迹。有联赞：

空中气象清新，楼有三层高百尺；
世上风波如此，囊无一砚竟千秋。

上百年以来，香火无间，游人鼎盛，各方举子、名人雅士，慕名登洲观光谒圣，缅怀先贤，挥毫讴歌，题下不少诗词墨宝。邑中名士彭泰来，也登洲观光朝拜，并为包公祠题词赠墨，写下“笑比河清”，新科举人何树屏也题了“知畿”等匾额赞颂先贤。1984 年楼被台风摧毁。1988 年，砚洲公益事业建设委员会倡议重修砚洲包公楼，深得村民及社会各界热心人士的鼎力资助，鸠工备材，历时半载，主楼两层修葺落成重光。其后，包公楼大堂、浩然亭、南北厢廊、龙井、养生池、聚宝塔、五义桥、孝肃牌坊等附属建筑物全面恢复原貌。码头城楼，大路、餐厅等配套设施日趋完善，建筑占地面积达五千多平方米，巍峨壮观。新建的包公楼于 1990 年告竣，香火再次燃起。有联赞：

直道清心，尚有五言留北宋；
投香载石，何如一砚镇西江。

步入包公楼，第一进为孝肃牌坊，前面为放生池。第二进为大门口，横额有“包公楼”三个苍劲有力的大字。穿过牌坊，内有亭、廊、井、塔、桥等，楹联、匾额、钟鼓、宫灯等陈设俱全。在首层殿堂正中，端坐包公圣像，铁面包公的威严表情让人肃然起敬。在茫茫的田野中，楼宇巍峨，蔚为壮观。

岛上村民感恩于包拯掷砚成洲之功，敬仰包公的高尚品德，故在包公诞辰这一天，自觉用牲口、果品拜祭包公，久而久之，这一天就成了砚洲人的包公诞。有联赞：

贤明正直，万民景仰颂青天；
维德清廉，一砚不持留圣迹。

近年这里开始发展旅游业，开发“砚洲沙滩度假村”。度假村有河滩近两平方公里，风景如画。滩上金沙闪烁，绿树婆娑。西望羚羊峡，碧波千里，端水悠悠，让人不禁联想起砚洲富有神话色彩的故事。后人有《题包公遗像》联：

名人包公，生平若何？肺肝冰雪，胸次山河；
报国尽忠，临政无阿。杲杲清名，万古不磨。

也就是说，大名鼎鼎的包拯，有着怎样的一生呢？他光明磊落，冰清玉洁，他的心好比江山那样广阔，装着祖国和黎民。为报效国家，他尽了自己的忠心，做官时从来没有向任何邪恶势力屈服。光耀的清官名声，与世共存，永远都不会消失。

府衙浩然　古井耀青天

话说端州的宋城墙经历千年风霜仍然屹立不倒，在全国来讲，除了江西赣州的宋城墙，别无他处。

在端州古城中心，我们看到了丽谯楼，看到了宋徽宗御书的“肇庆府”三个瘦金体大字，笔力遒劲。环顾四周，密密麻麻的居民建筑已经将古宋城的痕迹掩埋，却还见红楼依旧在。楼后的府衙是古端州治所，包拯曾于此任职三年，政绩卓著，以不持一砚归的清廉之风闻名于世。现在丽谯楼的台基拱道门上还有匾额“古端名郡”和对联：

星岩朗曜光山海；

砚渚清风播古今。

据史料记载，包公府衙始建于康定元年（1040），内有十多座建筑，形成独具岭南特色的园林建筑群；中央为大厅，西有枕书堂，东有清心堂，周边有相魁堂、节堂、敬简堂、双瑞堂、秋霜堂、宅生堂；大厅西侧建有菊圃，行十多步即见有轩，轩前垒土为山，砥石为基，书榜曰“烂柯洞天”，左有包公井，西北还凿有洗砚池。后人有诗赞：

丽谯悠悠一扇墙，题诗府衙与天长。
名流功业消磨尽，包拯精神正显扬。
路外月来灯弄影，楼前风过树生凉。
不如且把身心放，世事从头自酌量。

那么，史载的包公井又如何呢？包公在端州挖有七个井。“江水何如井水清，一挖甘冽福斯民”。他任端州知郡事三年，为官清廉，大办实事，造福端州。当时居民因长年饮用不洁净的水，瘟疫、疾病时有发生。他发动群众在城区开挖水井七口，居民感激包公，将这七口水井称为包公井。

前人说端州“此郡城来脉，山川之秀所发也。佳泉多在通都大路之侧，土肉和平，而巽风疏洁，乃为万灶所需，食之无疾。孝肃此举，端之人至今受福，大矣哉。君子为政，能养斯民于千载，用之不穷。不过一井之为功，亦何所惮而不为乎。”

现在肇庆七井中，影响最大的水井有三：其一在府治内，即今丽谯楼背后（元末明初，丽谯楼为肇庆府衙所在地），该井相传为包公锁妖井，有“包捉陆放马成湖”的传说，可惜在新中国成立之初被填平了。其二龙顶岗井（今称大井头），附近原有西岳庙一座。现该井水源充足，可以饮用。井呈圆筒形，以弧形花岗石砌井壁，井栏为石灰石，栏口内壁有近二十条深深的绳痕。看来井壁是清代时重新砌筑的，而石灰石井栏则为原物。其三在今米仓巷，即原包拯储粮备荒的丰济仓所在地（元代时改名为“广济仓”）。该井井栏早毁，井水无人饮用。路过此地的一位老者告诉来人，由于担心建筑工地落下杂物污染井水，市里派人搭了这间小小的石灰房。这一处包公井的井口，被井绳多年来拖拉留下的痕迹，依稀透出历史的气息。

井的神奇给井注入了许多神秘色彩，历代文人墨客纷纷作诗吟赋，大加赞美。后人在《咏包公井》中写道：

井传疑出已千年，淑气清涌澈底泉。
热土所钟惟上品，寒流制液岂凡渊。
头溶日月凝七髓，心照江山化一涎。
开盖思源可告慰，曾经剂世亦甘甜。

包拯是中国老百姓心中的青天，从南到北，在全国许多地方都怀念包公，历代文人还写了不少颂扬包拯的诗词，用诗歌来歌颂他的刚正不阿和清正廉明，表达对他的景仰之情。包公一生清正廉洁，刚正不阿，是一千多年来老百姓心目中崇高的清官。政治清明时，人们自然怀念他；世道衰败时，老百姓更加怀念他。自宋朝到今天，虽然世事变幻不定，然而，人们对于包公的怀念却是永远的。仅以铭文浓缩包拯三年端州的历史：

包公治端，誉声昭彰；三年政绩，闻于城乡；
治理水患，民乐耕桑；凿井清源，驱除疫瘴；
建仓储粮，旱涝无荒；兴文办学，教化隆昌；
修建驿站，流通一方；廉政肃贪，治吏整饬；
平反冤狱，恶惩善扬；不持砚归，青天形象；
包公精神，稗史流芳；我辈登临，深深景仰。

附　录

包公的有关资料

一、包公简介

包拯（999 年 4 月 11 日—1062 年 7 月 3 日，或称包文正，字希仁，庐州人（今安徽合肥肥东人），仁宗天圣五年（1027）丁卯科进士。

初任建昌知县，后任天长知县，颇有政绩。后调任端州知州，以清廉公正闻名于世，故有“包青天”及“包公”之名。回京任监察御史里行，又改监察御史，为“言事官”（对处事不当、行事不法的官僚，都可以进行弹劾）。后曾任天章阁待制，人称“包待制”；后进为龙图阁直学士，故后人亦称“包龙图”（在宋代“龙图”专指龙图阁学士，稍低一等的龙图阁直学士只能称作“龙直”，将“包龙直”称为“包龙图”事实上只是后人出于对包公人格的尊敬和对宋代官制不了解的误称）。

嘉祐二年（1057）三月，包拯任权知开封府，至嘉祐三年（1058）六月离任，前后只有一年有余。但在这短短的时间内，包拯把难治的开封府治理得井井有条。他敢于惩治权贵们的不法行为，坚决抑制开封府吏的骄横之势，并能够及时惩办无赖刁民。包拯公正廉明、明察秋毫、铁面无私，因此受人敬仰。

嘉祐六年（1061），他进入“二府”成为北宋最高决策机关成员（枢密副使）后，衣着饮食和器具依然“如布衣时”，是古代中国清官的典型代表。嘉祐七年（1062）病殁于开封，但有人怀疑包公是遭到毒杀。宋仁宗赵祯加封包公为东海郡开国侯，赠官礼部尚书，谥号“孝肃”。后世将他奉为神明崇拜，认为他是文曲星转世，死后成为地狱第五殿阎罗王。其黑面形象，亦被称为“包黑子”、“包黑炭”。

包拯“少有孝行，闻于乡里；晚有直节，著于朝廷”。为人严正，殊少笑容，时人以“黄河清”比喻包拯之笑。包拯七次上书弹劾江西转运使王逵，揭露他“心同蛇蝎”、残害百姓，并严厉批评宋廷的任官制度。三次弹劾外戚张尧佐，称其“真清朝之秽污，白昼之魑魅”。又审清妖人冷青冒充皇子的诈骗案，震动朝野。

二、对包拯的评价

朱熹称包公："复为京尹，令行禁止，立朝刚毅。"欧阳修称包公："清节美行，著自贫贱，谠言正论，闻于朝廷。"刘敞称包公："识清气劲，直而不挠；凛乎有岁寒之操。"奉旨编集《资治通鉴》的司马光也称赞包公："仁宋时，包拯最名正直。"《宋史》："公性峭直，恶吏苛刻，务敦厚，虽其嫉忠，而未尝不推以忠恕也。与人不苟合，不为辞色悦人，平居无私书，故人、亲党皆绝之。虽贵，衣服、器用、饮食如布衣时。"

三、包公家训及家庭

家训为"后世子孙仕宦有犯赃者，不得放归本家，死不得葬大茔中。不从吾志，非吾子孙，仰工利石，竖于堂屋东壁，以诏后世"。包公有三妻张氏、董氏和孙氏（又称媵孙氏，媵指随嫁之侍婢，或可指妾侍）。张氏无后，董氏有子女。媵孙氏为包拯生下一子，包拯为其取名为包綖，后改名为包绶，家族得以繁衍。

四、包公威名

根据《甲申杂记》的记载，西羌的于龙呵在归顺宋朝后，对宋神宗说："我平生最仰慕包公，他是朝廷的忠臣，我现在既然已经归顺汉族朝廷，就请求陛下赐我包姓吧。"神宗很高兴，于是赐他姓名"包顺"，"顺"即归顺。民间传说包公任开封府尹期间，得到"四大名捕"（王朝、马汉、张龙、赵虎）与足智多谋的公孙策和有"御猫"之称的御前四品带刀护卫之"南侠"展昭为左右文武助手，办案既明察又暗访，执法既严谨又不失人情，使正义得以伸张。

五、包公脸谱

在中国戏曲史上，没有一位官吏能够像包拯那样，可以如此频繁地出现在历代的戏剧舞台上，至今久演不衰，并且成为一类非常独特的戏剧——包公戏。包公戏的流行，从南到北，几乎涉及所有的戏曲种类。戏剧中的包公，并不等同于历史上的真实人物包拯，而是改编自文学包公的带着某种理想化色彩的形象，包公既是一位清正廉明、铁面无私、心智过人、执法如山的清官，又是一个半神半凡的超人。在他的身上，凝聚了专制社会下老百姓对于清官的企盼和对社会公正的向往。包公戏情节曲折，是非分明，赢得今天观众的喜爱。

包公的脸谱和传统戏剧中的所有脸谱不同，它墨黑如漆，在脑门心的位置上用白色油彩勾画出一弯新月。这一脸谱为戏剧中的包拯专用。包公的前额所画，俗称“月形脑门”，学名“太阴脑门”。传说中包公刚正威严，“日断阳间夜断阴”，白天料理人间的案子，夜晚则主持阴间的讼事，需要阴阳两界的“通行证”，而这“月形脑门”，就起到“通行证”的作用。

六、包公画像

在北京故宫南熏殿里有包拯的画像，画中人物白面长须，并不黑。清光绪十九年（1893），一位叫徐琪的广东督学，看到了这幅画像，于是请工匠以包拯的画像为范本，请人临摹刻在包公祠的石碑之上。由于是一比一的画像，所以我们可以看出包公并不是像戏曲上演绎的那么威猛，个头也不是很高。

画中的包公像个子不是很高，大约是 1.6 米左右。左肩略低于右肩，嘴唇宽厚，皮肤比较白净。清代知庐州的张详云见过包公像以后，也感慨地说：“公肖像满天下，向时所见，皆棱角峭厉，使人汗骇僵走，不敢仰视，今奉命守庐，拜公于香花墩上，岳岳怀方，和蔼溢于眉睫，无外间妄塑非常状，甚矣，人之好怪也！”可见包公的相貌跟常人是一样的，并不像传说中的那么怪异。

七、包公庙宇

除了肇庆市端州区的包公祠和鼎湖区的包公楼外，在安徽省合肥市有包公祠，开封包公祠则是国内外规模最大、资料最全、影响最广的专门纪念包公的场所，湖南省郴州市宜章栗源镇有包公庙等。而港澳台地区均有大小不等之包公庙，如台湾南投县埔里镇“青天堂”、南投县竹山镇德兴里“包青宫”、高雄市大寮区大寮里“开封宫”，云林县四湖乡三条仑海清宫为全台的包公祖庙。澳门镜湖医院附近的包公庙、香港一部分的庙宇以及围村的神厅内亦有祀奉包公，如大角咀洪圣庙、湾仔玉虚宫、深水埗三太子庙。菲律宾包公庙位于马尼拉计顺市的南洋天地宫。

论文三则

包公清官形象在端州成名

谢健江

常言，包拯（包公）出生于合肥，成名在端州，扬名于开封。也就是说，端州是包公成就一代清官之名的发祥地。

古代称为清官是要具备条件的。南宋著名朱子学者真德秀，曾以四事劝勉同僚：“律己以廉，抚民以仁，存心以公，莅事以勤。”南宋初道学家吕本中说：“当官之法，唯为三事：曰清，曰慎，曰勤。”在清朝康熙亲自书写“清、慎、勤”三字，刻石印刷赐给各位大臣，作为做官准则。也就是说，所谓清官，应该做到“清”、“仁”、“公”、“勤”。在这四个方面，包拯做得相当好，因此称之为清官的典范。笔者试从包公在端州成就“清官”作一些浅议。

一、史书上的“清官”

史载，包公知端州，第一次担任州一级行政长官，主政端州三年，形象清正，政声斐然。

（一）“包公”得名起源端州

吴奎撰写的包公墓志铭，开篇就气势夺人地直呼：“宋有劲正之臣，曰包公。其声裂表爆天下之耳目，虽外夷亦服其重名；朝廷士大夫达于远方学者，皆不以其官称，呼之为公。”寥寥数笔，便把一个人人敬重爱戴的清官直臣的形象活生生勾勒出来。

在宋代，称呼做官的人，通常是姓加上官名，如包待制、包学士、包龙图。而包腊梨、包黑子等近于谩骂的称呼，则反映了权臣贵戚、贪官污吏对他的惧恨心理。但是由于他清正，百姓称他为包公。如今已近千多年，相沿不改，一直就都这么叫着包公，以致许多人甚至不知道包公的正名叫包拯。

然而，包公的称呼在端州任职时就成名了。

北宋时期著名史学家司马光称赞：“仁宗时，包拯最名公直。”仁宗时，正是包拯在端州任上。公有两义，一是公直、公正，即是无私，无私即为清正。二是指尊称。明万历十六年（1588）和崇祯六年（1633）《肇庆府志》均称包拯为“肃公或公”。如撰“包肃公奏议序”谓：“公生平性不苟合，未尝伪辞色以悦人。”康熙十二年（1673）《肇庆府志》收录了明人张诩撰写的“宋包孝肃公新祠记”，也记载“端旧有祠以祀公”。于是，端州人心目中尊称的“包公”成为清官典型，有口皆碑。

（二）“清官”之名肇始端州

包拯在端州三年中，首先立志做一名“清官”，有《书端州郡斋壁》“清心为治本，直道是身谋”诗句为证。“清心”在当时有重要的廉政意义。因为当时吏治比较腐败，要廉政必须清心寡欲。宋真宗曾经给州县官下达了一个约束文件，叫《戒饬文臣七条》。其中第一条就是清心，就是要以平常心待物，不能有私心杂念，要廉政。包公把清心作为座右铭，作为一种做人从政的原则，才成就了清官。

其次，“清官”意识最早来自端州民间，包公清廉的美名也就传开了。之后得到了北宋官场甚至皇帝的赞赏。庆历二年（1042）三月，广南东道提点刑狱周湛、同提点刑狱（提点刑狱副职）钱聿等两位上级官员来考察包拯。包公为官处世，心中无欲，民赞“清官”。

其三，宋代有史说：“不持一砚，足知包孝肃之清。”一个“清”字，说明他“律己之以意凛乎严凝”。就是对自己要求非常严格，“凛乎严凝”，不留情面。这种自律在当时吏治比较腐败的情况下，包公做到了“出淤泥而不染”，肯定包公居官清廉，一个真实的清官形象在端州树立，“清官”得名由此而生，令人信服。

二、文物上的“清官”

据古肇庆志记载，端州留下包公的遗迹、遗址是全国最多的。有包公井、七星岩题字、砚洲、后沥水、端州州衙、富民坊、厢军巡逻营之草场、麦仔园、丰济仓、城西崧台驿、星岩书院、宝光寺、文昌宫，这十三处弥足珍贵的遗迹和遗址显示了包拯“清官”的光辉业绩。

（一）水井形象

宋时端州出现“春瘴”，治瘴疠的办法是开凿水井。吴奎的包公墓志铭对包公一生经典的评价用大量的故事交代，其中记述包公生平政绩的“端州为民掘井取水”是最真实可靠、最翔实生动而又最具权威性的一篇文章。元末明初郡人董源的《义井记》、清代张渠的《粤东闻见录》卷“井水”条，都有不少史籍记载包公井水的“泉清滑甘”、“食无患害”、“端州之人咸受其福”。道家言上善若水，时人也以水作为“清官”的化身。

（二）祠庙形象

端州最早建有宋代时期的包公祠，主要为了弘扬包公的精神。元代重修端州包公祠，修祠人写了《祠记》述：“公在康定初，公由殿中丞出守于端，出以清心直道为治本。地方千里，不识贼盗。归之日，一砚不持。”中国自古以来崇尚清廉刚正、执法无私的清官，不少地方都兴建了包公祠庙。明成化二十年（1484）河南开封府知府张岫在《孝肃包公奏议集》说：“（包公）至忠至孝，作奋朝绅，垂休后世，非特中国佣人孺子知其名，虽海外杂国，莫不知其名而敬慕之。”可见，包公祠庙国内外都有，而祠庙的包公形象多是“清官”的化身。

（三）奏疏形象

包公奏议有15卷，计187篇，指名道姓地点到了61名本朝官员。真是不畏权贵，一身正气。而其中有三篇（简称“三疏”）在端州草成。

包拯任端州时，耳闻目睹朝廷派往岭南边远地区的州县官大都不称职，中原等地的官员不愿去，而由广南转运使指派当地人临时代理各州县的“正官”，有的地方甚至缺官，对管治边远地区很不利。包拯上奏了《请选广南知州疏》、《请派差广南职官疏》、《再请添差广南职官疏》，他在疏中说“地虽远郡不可轻授”，“远民困重，尤在得人”。要求朝廷改善吏治，选派德才兼备的人到广南任职，这是他的“治国先治吏”思想正式形成的代表作。同时力陈“轻徭薄赋”，不让老百姓负担太重，表达出“安民、亲民”的思想，作为他清廉的思想基础，标志着包拯从政治上步入了成熟的“清官”阶段。

三、文艺上的“清官”

笔者认为，包公在端州从文学艺术形象的发展演变中，是有脉络、有轨迹的。

（一）古代话本的包公在端州

从宋代以来，包公故事就是我国通俗文学表现的热点。现存最早记载包公断案故事的是宋郑克的《折狱龟鉴》。至明万历二十二年（1594），有了公案小说，即《新刊京本通俗演义全像百家公案全传》，简称《包龙图判百家公案》，又叫《包公传》。明末清初时，《龙图公案》一书问世，是包公小说的顶峰，大受欢迎。明代市民阶层特有的精神生活、审美情趣，促成了市民文艺的兴起，而人际交往的频繁化、复杂化、流动化，也带来了一系列社会治安问题，这不能不在当时的文学作品中有所反映。其中《龙图公案》，有数则与端州相关，著名两篇即第十九则《血衫叫街》和第三十五则《辽东军》，是说包公在端州时的“清官”公案。

（二）戏曲舞台的包公在端州

历代以来，人民极其渴望文艺作品能表现他们在现实生活中看不到的清官形象，以寄托他们对清明政治的理想，宣泄他们对黑暗现实的愤怒。在这样的社会文化背景下，包公的形象首先在戏剧文学中被进一步树立起来，而且被塑造得十分生动饱满，有了解民倒悬、正直刚毅、善用智巧的性格特点。清朝丁柔克著有一部《柳弧》，其中卷三说及包公为官清廉：“孝肃（包拯谥号）曾任广东肇庆府，府名端州，出端砚。孝肃终任，无一砚，濒行，舟中见一砚，诧问之，盖夫人所代购者也。孝肃怒沉于湖，至今名‘沉砚湖’。”这塑造了一个刚直正义的清官形象。后来又有《包公掷砚》戏，以端州为背景的包公戏剧形象更是日益丰富。

综上所述，包公的“清官”形象最早在端州形成。端州，不仅是“包青天”称号开始之地，而且最先产生了“包公文化”，成为中国“清官文化”的发源地之一。从端州开始的“清官廉吏”，实现了“个案正义”。

关于包公文化内涵的思考

黄小红①

包拯是我国北宋时期的一名官员。长期以来，人民群众把包拯作为一个典型的清官形象写进各种文化作品中去，形成一系列的包公文化现象，这种文化以清官文化为主流。然而，包公的清官形象源于何时？包公清官文化又源于何地？以史为鉴，可知古今。让我们翻开史册，将时间定格在宋仁宗年间的1040至1042年。应该说，包公正式从政，是从当天长县知县地方行政长官开始，史载其间曾断“牛舌案”。三年后的宋康定元年（1040），包公从天长县知县升官为知端州军州。胸怀大志的包拯在1040至1042年主政端州期间，以“清心为治本”，减轻民负，安民为上，体民于细微，留下了千古绝唱《书端州郡斋壁》，其中“清心为治本，直道是身谋”，更是包公遗诗中的精粹。包拯在仕宦之初，即公开宣布要“清心直道”去为官，并以毕生仕途去实践了这个宣言，竖起了一面“以民为本，反腐倡廉”的旗帜。包公遗诗源于端州，已成为端州人民宝贵的精神财富。同时，端州人民也是包公宣言的历史见证人，端州人民将永远引以为荣。

回顾宋朝制定的监察制度，可见当时为了加强对各级机构的控制，以维护中央集权的统治秩序，宋朝统治者加强了对违法官员的弹劾和必要的法律制裁，以防止官僚政治的腐败。包拯在端州主政三年后，能从一名地方官升任为京官殿中丞，接着被推荐为监察御史里行，后又被正式任为监察御史，成为监察和防止官僚政治腐败的监察官员。下至平民百姓对他的歌功颂德，建祠拜祭，上至宋朝统治者对他的委以监察重任，可见包拯在端州形成的清官形象，已得到了自下而上的承认。同时，以清官文化为主流的包公文化也应运而生，从端州民间广泛流传的把包公誉为神明、称为清官的丰富多彩的民间传说，到搬上舞台的包公形象；从地方史志记述的知军州包公，到《宋史》所记载的名宦包公，包公文化在不断演绎中传承，在传承中又不断发展和丰富。可以说，包公的清官形象源自端州，包公的千古绝唱《书端州郡斋壁》源于端州，包公清官文化同样源自端州。端州，是包公清官文化的发祥地。

① 黄小红，肇庆市端州区史志办研究员。

笔者认为在收集整理包公治端其间有关历史资料文献，研究包公文化的同时，应注重将包公文化作为一种独特的文化现象加以研究，发掘包公文化的丰富内涵，使之更好地在现实中发挥作用。

一、包公文化内涵

包公文化丰富多彩，博大精深，其内涵可概括为“清正、民本、孝忠”六字。

首先是“清正”，即包拯清正廉明、不畏权贵、刚正不阿、铁面无私的精神。包公文化博大精深，别具特色，尤以清正廉政为中心。正如包拯在他的《书端州郡斋壁》中所言“清心为治本，直道是身谋”，就是这种不畏权贵、扬清激浊的炳炳正气，使他赢得了后世人们的称颂。在后人对包公极尽歌功颂德的词语中，就不乏“笑比河清”、“节重河清”等词句。在肇庆城中路古建筑丽谯楼的大拱门外，至今还保留着一副石刻对联：“星岩朗耀光山海，砚渚清风播古今。”它表达了肇庆端州人民对清官包公的怀念及对其廉政的颂扬和追求。

其次是“民本”。在对民的态度上，包拯力主以民为本，安民为上，减轻民负，与民休养生息。在端州任职三年期间，他修建丰济仓以备饥荒，教民打井以治疫疾，修建崧台驿以利交通，创建星岩书院以利教化，关注民生，解决傜疍问题，以保一方平安，被称为“神明之政”，被誉为百姓的父母官。

最后是“孝忠”。包拯在北宋天圣五年（1027）中进士后，因父母年事已高，不忍远去为官，直到双亲相继去世，守孝完毕，才在亲友劝说下为官，期间长达十年之久，故以孝闻于乡里。当然，包拯的孝是与他自幼受到儒学思想的熏陶，并成为一名正统儒学信奉者的经历分不开的。

“忠”，即公忠为国，把国家利益、公共利益放在个人利益之上，秉公执法，顾全大局，反对徇私枉法和以权谋私，不以私情害公利，这是传统道德中的一个优秀部分。作为一名正统儒学信奉者，包拯的忠，表现在对朝廷赏罚失当的事件上，诤言力谏。包拯不畏权贵，执法如山，对贪官污吏，他力主从严从重惩治，以儆效尤。由此可见，包拯是忠孝两全的典范。

二、包公文化内涵溯源

（一）思想根源

包拯幼年和少年深受儒家思想的启蒙和熏陶，而当时中央集权的统治者为谋求社稷的长治久安，确立了以儒学为官方哲学思想的地位，用以规范人心，重振纲纪，为君主政治的永恒运转建立基本法则，这也正好为包拯儒学思想的成长提供了适宜的外部环境。

从儒家的“仁者爱人”到包拯的“以民为本”主张，可见其民本主义思想源自孔孟的儒家学说。包拯以儒家学说作为其思维出发点，他的吏治实践也表露出博厚而又富于时代特色的儒学内蕴。孔子首先提出“仁者爱人”的思想，他反对统治者横征暴敛，提出“敛从其薄”（《左传・哀公》十一年）；孟子则提出给民“五亩之宅”、“百亩之田”的重农主张，要求统治者轻徭薄赋；他说：“若民，则无恒产，因无恒心。苟无恒心，放辟邪侈，无不为已。”（《梁惠王上》）认为民之所以犯罪，多是统治者逼迫的结果。这些观点在包拯的许多奏折和包拯治端的实践中多有反映。例如在《论历代并本朝户口》中，包拯提出了自己对明主的期望：“……是故明主知其然也，则必薄赋敛，宽力役，救荒馑。三者不失，然后幼有所养，老有所终，无夭阏之伤，无庸调之苦。”他还向宋仁宗提出“且民者，国之本也，财用所出，安危所系，当务安之为急”，意即民为邦本，本固邦宁，朝廷应重视国计民生问题。端州出产的砚台，是当地的特产。按当时规定，作为贡品，端州每年要进贡一批端砚。在端州做官的人往往借进贡机会，向百姓大肆搜刮，私下贪污一批，去讨好那些权贵大臣。搜刮去的端砚比进贡的要多出几十倍。端州人民怨声载道。包拯主政端州后，惩治了一批借开采砚石鱼肉百姓的贪官。又扫除旧弊，改革端砚征收制度，减轻人民负担，向民间征收端砚，除了进贡朝廷的以外，连一块都不增加。此举除体现包拯的廉洁奉公外，更反映从儒家“仁者爱人”思想出发的包拯，在对民态度上，力主以民为本、安民为上、减轻民负的民本观。

据清康熙《肇庆府志》记载，宋代端州境内外多有瑶族人。他们居住在东连中宿，西接苍梧，南抵高凉，北通溽水，绵亘千里的深山之中。瑶族人多盘姓，自言盘瓠之裔，他们椎结跣足，刀耕火种，生性剽悍，善于登攀，登悬崖如履平地，出入持弩腰刀。瑶族男孩刚开始学步，便被其长辈用烧铁石烙其脚跟使之感觉变钝，故能践棘茨而不伤，其顽犷自幼而成。即使是暴雨烈日之下，也不顶笠而是履以葵叶。空闲时，他们相聚一起捕兽饮酒，击长鼓以为乐。一旦发生纷争，即使是至亲亦会拔刀相向。瑶族人往往啸聚剽掠，自昔为患，甚难约束。除了瑶族人之外，还有僮族人与瑶人无异，另有獠族人和居住在水上的疍户也多不受地方约束，是为地方治安的一种隐患。历代州官对瑶疍问题或束手无策或熟视无睹。身为百姓父母官的包拯，从儒家以民为本的思想出发，关注民生疾苦，要保一方平安，使黎民百姓安居乐业。他处理瑶疍问题，主张执法上以严为主，宽严结合，“恩威并著”。在坚持执法必严的同时，也强调治国安民要讲仁政，以此实现其巩固封建统治的观念。因为执法宽，会令为非作歹者有恃无恐，无法无天；而执法过严，难免伤及无辜，失去民心，甚至激发矛盾，官逼民反。在包拯治端期间，“出守端州以清心为治本，地方千里不识盗贼，水疍山猺（瑶）向（熟）化奔走，恩威并著，岁乃大和，称为神明之政”，“坐是地方千里民乐耕桑，水疍山猺（瑶）趋庭向化，端之父老至今传颂之不衰”。（清康熙《肇庆府志》）从包拯对瑶疍的“恩威并著”，到包拯治端实施的“神明之政”，可充分体现他以民为本，欲施仁政以养民生、以定天下的儒家政治观，也从另一个角度表明了他的民本观。

包拯的民本思想还体现了浓厚的重农恤民的特点。在他保留下来的许多奏议中，强调以农为本的主张言辞急切，呼吁体恤民苦的情感充溢于纸。他身体力行，治端期间，求真务实，重农兴农，致力于发展农业。

除此之外，包拯修建丰济仓以储粮备饥荒，教民打井以治疫疾，修建崧台驿以利交通，方便公文书信来往与客商过往。建星岩书院，成为肇庆第一所公立学校，可谓政绩颇多，深得端州人民爱戴。包拯被誉为体民于细微、拯民于水火、情系端州的百姓父母官。包公逝世后，端州人民不但修建包公祠来纪念他，而且每逢遇上瘟疫流行或旱涝之患，就会把包公祠内的包公像请出来，抬着他巡游。他们认为厉疫之来，乃鬼域作祟，而包公一向为民除害，且神灵异常，奉包公神像巡游，可以镇压邪魔，辟除厉疫，保障民安，希望借助包公的神力消灾避祸。以20世纪40年代为例，端州人就曾两次抬包公像巡游。一次是1942年久旱不雨，蝗虫成灾，稻谷失收，竹树开花，饿死人无数。适逢大暑天，有的人死后来不及埋葬，尸体霉烂，长砦街口和祝家路一带都可闻到尸臭，当时就有端人抬包公像出巡。另一次在1949年夏，西江洪水泛滥成灾，景福围岌岌可危，人们又抬包公像出巡。由此可见包公在端州人民心目中的地位。

包公源自儒家的“民本”思想在任职端州后，得到成功的演绎和实践，他不但“情为民所系”，而且“权为民所用，利为民所谋”，他以清心为治本，清正廉洁，断案如神，传为美谈，并演变成各种各样的神奇传说，在端州民间广泛流传。

（二）政治根源

为防范官吏贪赃枉法，我国历代封建统治者曾采取了政绩考课、行政监察、遣官巡查和甚至令人发指的严刑峻法等整肃措施。例如战国时期已有监察百官以保障法律执行的监察制度，秦国设有监察和御使执掌监察职务；秦汉时期已形成了一套比较完整的监察制度。唐代除不时派遣大臣到各地巡省风俗、黜陟官吏以外，御史台已发展成为一个独立完整的监察机构。另外，唐代的尚书左右丞，有权纠劾御史台官员，使监察机构的官员也接受监察，这是唐制完善的地方。宋朝确立了比唐代更为严密、健全、合理的监察制度，以此加强对各级机构控制，以维护中央集权的统治秩序。如加强了对违法官员的弹劾和必要的法律制裁，防止官僚政治的腐败；又通过对皇帝的规谏，纠正皇帝的过失，尽量减少决策上因随意性而产生的偏差和失误。监察官员的职事回避制度，也有效地防止了执宰与监察官、监察官与监察官之间交通关节、营私舞弊的情况。监察官员的相对独立监察制度，保证了监察权的行使，对推动监察系统的正常运转，起了十分积极的作用。

在用人方面，宋朝考察官吏也将廉正与惠及民者摆在首位，“公勤廉干惠及民者为上；干事而无廉誉，清白而无治声者为次；畏懦贪猥者为下”，坚持以廉俭为重要条件。此外，法制的健全和士大夫势力的兴起，以及宋仁宗恭俭仁恕的开明作风，使仁宗朝廷政治呈现开明宽松的状况，士大夫敢言成风，以不言为耻，所有这些，都为包拯在端州主政后，成为反腐倡廉的一面旗帜提供了适宜的外部环境。据《宋史》、明万历《肇庆府志》和清康熙《肇庆府志》等史料记载，包拯治端期间，“以清心为治本”，“端产土砚，前守缘贡，率取数十倍以遗权贵，公命制者缬足贡数皆本乎”，“岁满不持一砚归”。这些都是包拯实现为官“清心直道”宣言的成功演绎。

毛泽东在他的《矛盾论》中曾指出：“唯物辩证法认为外因是变化的条件，内因是变化的根据，外因通过内因而起作用。”包公之所以能成为清官，除了当时适宜的外部环境之外，还与他的政治抱负和从政目的，以及以儒家学说作为其思维出发点密切相关。他的吏治实践也表露出博厚而又富于时代特色的儒学内蕴，他在《书端州郡斋壁》中表白：“清心为治本，直道是身谋。修干终成栋，精钢不作钩。仓充燕雀喜，草尽兔狐愁。往哲有遗训，无贻来者羞!”表达了他要按儒家思想，从“正己、修身做起”，然后才能治国，平天下，要成为经过千锤百炼的精钢，经过反复修炼成为国家的栋梁之材。《宋史》载其“与人不苟合，不伪辞色悦人。平居无私书，故人亲党皆绝之。虽贵，衣服、器用、饮食如布衣时”。为达到他的政治抱负和从政目的，包拯既忠于朝廷，得到最高统治者的信任和支持，又勤政为民，受到千万人民群众的拥护和爱戴。最难得的是，他“忠廉”两全，廉洁自好，严格自律，不结党羽，唯以直道行事，最终成为“以民为本，反腐倡廉”的一面旗帜。在当今社会，包公的清正廉明、不畏权贵、刚正不阿、铁面无私的精神，已升华为超越地域、超越时空的公理与正义的象征，成为中华民族精神财富的重要组成部分。

三、包公文化的启迪

贪污腐败现象古已有之，中外有之。历代统治者为维护其统治，总在不断地制定和完善防止贪污腐败的各项措施或政策，遏制腐败现象。由此看来，反腐倡廉、严纪峻法、推广廉政是巩固政权必不可少的措施。当统治者采取行之有效的监察整肃措施防范时，腐败现象会受到限制。然而，从古到今，从中到外，自从有了私有制，在不同形态的社会中，一直存在着适合腐败现象生长的土壤。腐败现象就像毒瘤和瘟疫一样很难从根本上铲除，这也是不争的历史事实。最典型的可数清朝贪官和珅，仅其家产便值8亿两白银，超过朝廷十年收入的总和。

古语有云：“得民心者得天下，失民心者失天下。”当监察整肃措施不完善，当执法不严，或执法者知法犯法的时候，腐败现象得不到遏制，就会不断蔓延，到了一定程度，也就是说当统治者失去民心时，统治者所掌握的政权将面临垮台。

历史的经验与教训值得注意。在今天，从中央到地方，都要求反腐倡廉推广廉政，研究包公文化，有着重要的现实意义和指导意义。清正廉洁不光要手脚干净，更需要灵魂干净，要有正确的思想为指导，树立先进的文化为方向。由于包拯所处历史时代的局限性，可以说，他所做的一切，都是从维护封建统治的立场出发，最终落脚点还是为了忠于封建皇权，这是与包拯所处的历史时代分不开的。正如一些评论家所说的：时代造就了这样一位清官，他是天地间的一把剑，可以用来惩贪除恶；他是一面盾，皇权和小民的利益均可以得到他的保护；他又是一杆秤，可以明辨人世间的种种是非曲直。

包公所奉行的儒家思想，在他所处的时代，无疑对包公“以民为本，勤政为民，清正廉洁”思想的形成及其从政实践有着时代意义和指导意义。时代不同了，思想指导也会相应发生变化。今天，我们应该以马列主义、毛泽东思想以及“三个代表”重要思想为指导，以坚持先进文化为方向，为官既要清廉，又要为广大人民群众谋利益。当然，时代不同了，但“以民为本，清正廉洁”永不变。

正如有的理论家指出：当思想觉悟和文化修养并行不悖、相得益彰时，我们才能够更好地进入廉洁境界。而只有当廉洁既是一种行为，更是一种文化、一种境界的时候，这样的廉洁才是最可靠的。先进文化能够养廉。靠先进文化养廉，给反腐倡廉提供了一个新视角。腐败现象，从文化层面上分析，是一种文化营养不良综合症，文化生活的粗鄙和文化内涵的缺乏，导致人精神生活平庸空虚。如果说严纪峻法治出来的廉是外力逼出来的廉的话，那么文化养出来的廉才是自觉的廉，是根植于骨子里的廉。

江泽民同志提出“三个代表”重要思想，其中之一就是要“代表中国先进文化的前进方向”。这是完全符合社会发展规律的。包公文化孕育于中华民族文化之中，又是中华民族优秀文化传统精华之一，它独具特色，体现了千百年来逐步形成的民族美德。要坚持中国先进文化的前进方向，就应该继承和发展中华民族优秀文化传统，使之发扬光大。研究和挖掘包公文化内涵，有益于我们反腐倡廉，廉洁奉公，勤政为民，取信于民。我们要使包公文化成为反腐倡廉的强大的思想武器。

历史选择了包公，人民也选择了包公，包公已受到不同时代的不同地域的民众发自内心的拥护和爱戴，当今包公文化已升华为超越地域、超越时空的文化。继承和发展包公文化，除了开展包公文化的研讨外，还要发挥包公文化凝聚力，开展海内外文化交流，促进包公旅游文化的发展，使包公文化这一中华民族优秀文化的奇葩不断发扬光大。

包拯政治理念的发轫

陈大同[1]

知端州是包拯升任州一级长官的第一职，从此晋身政界的中上层，尽管为时只有三个年头，但已显出鲜明的政治理念，在其后的仕履上一直得到印证，与一生的业绩大体上契合，有一脉相承的径迹。当年与包拯关系密切的张田已指出包拯对所作“秀干终成栋，精钢不作钩”的诗句，在仕履上“卒践其言”。其实“卒践其言”的，除了同一首诗之外，在端州还有几处命名，都显示出政治理念的发轫。本文统一进行观察、分析，以求有助于对包拯的了解。

一、政治理念的揭示和诠释

上述包拯那首诗由《全宋诗》[2] 收录为唯一诗作，是据自《宋诗拾遗》的，与《宋诗纪事》据《庐州府志》的录文全同，可视为较准确的文本。《书端州郡斋壁》：“清心为治本，直道是身谋。秀干终成栋，精钢不作钩。仓充鼠雀喜，草尽兔狐愁。史册有遗训，无贻来者羞。”文字歧异主要有“秀干”一作“修干”，“鼠雀”一作“燕雀”，“史册”一作“往牒”，但意义并没有太大的差别。有一种说法认为这首诗是包拯在布衣期间就作了的，这需要我们一一分清。如果包拯在未出仕就已作好，那诗题又是怎样的呢？如果是“无题”，那全诗又那么实指，理应有题。如果原题就作《书端州郡斋壁》，那对一个布衣来说是无法做出这样的预测的。如果原题只作《书郡斋壁》，那包拯所任职的其他州府，为什么不载明？如果题目作《明志诗》，但结句已将己身置于“史册”和“来者”之间，表示已经在位践行，不仅是一种愿景。事实上这首诗的言志、理喻、警策、申鉴，与在端州所做的命名在理念上契合，有明显的同一性，不大可能在来任之前就已一一拟定。

本地方志记载，包拯当年在州署内兴建了枕书、清心、相魁、敬简、双瑞、

---

① 陈大同，肇庆学院教授。

② 北京大学古文献研究所编．全宋诗（卷 226）．北京：北京大学出版社，1998.

节、秋霜、宅生八个堂，在署外创建丰济仓[①]。这八个命名应视为包拯意向的表达。根据古代命名的习惯，官府建筑物命名也和人的名字一样，遵照“必也正名乎”的准则，体现“名不正，则言不顺”的观念，在堂名、仓名上寄托着建筑物的使命、功能和所负载的期盼的命意。宋代私第别墅中的堂名，常见从闲情逸致取向。欧阳修在扬州瘦西湖建平山堂，是由“负台而望，江南诸山，拱列檐下与堂栏相平”而得名。苏轼谪官黄州时，在东坡筑雪堂，四壁都绘雪景，因而得名。但官府的堂名存在着“玩物丧志”的顾忌，不纵情于闲逸，而赋予政治、道德、哲理意向。北魏孝文帝筑凝闲堂，“取夫子‘闲居’[②]之义，不可纵奢以忘俭，自安以忘危，故此堂后作茅茨堂”[③]。州署内的厅堂是政务治事的处所，理所当然寄托着政治理念。上述命名中有的比较生僻；有的虽不生僻，但含义似乎难与建筑实体契合。实际上经过寻绎，又似乎可以理解其意蕴。

（一）行政使命：节、双瑞、敬简

节：藏树旌节并定时祭奠的州府厅堂。宋朝有双旌节门旗，“受赐藏之公宇私室，号节堂。朔望次日祭之，号衙日。”[④]节堂是州府长官使命的标志，表示受朝命履行职责。

双瑞：宋诗中有“双瑞堂”，明代山东济宁有“三瑞堂”，具体命意不得而知。东汉王充《论衡·指瑞》：“异物现则谓之瑞。”对于不尚虚空的包拯来说，显然不会作出这样的命意，而应是指“王使之瑞节”的镇圭、牙璋。《周礼·春官宗伯·典瑞》的《正义》说：“珍珪以征守，以恤凶荒。牙璋以起军旅，以治兵守。”贾公彦疏引汉代经学家的解释说，珍珪即镇圭，牙璋相当于铜虎符、竹使节。宋代的知府、知州大体上相当于前代的侯、郡守、刺史、节度使，因而可以认为“双瑞”是指镇圭、牙璋及其体现的地方上征守、备凶年、救灾荒、治军队的职责。与节堂并列齐举，分别从总体和具体同作揭示，严谨郑重。

敬简：《论语·雍也》：“仲弓曰：‘居敬而行简，以临其民，不亦可乎？居简而行简，无乃大简乎？’子曰：‘雍之言然。’”那样的“居敬而行简”是有条件的，在孔子的话中实际上是一种假设，包拯不大可能无条件地标榜这样的“敬

---

① 明万历《肇庆府志·建置》，上海图书馆藏本复印本。

② （汉）戴圣．礼记·孔子闲居．哈尔滨：哈尔滨出版社，2008.

③ 华夫．中国古代名物大典·宫室类．济南：济南出版社，1993.

④ （清）黄培芳．重建拱北楼左神庙碑记．黄佛颐．广州城坊志（卷2）．广州：暨南大学出版社，1994.

简”。加上所处的时代正存在着道、府、州、县官吏“慢政食官”，“务为简易因循”①，包拯必然惕厉、戒惧，因而不大可能标榜这样的“敬简”。结合当时广南两路不时发生乱事，这就可以从军事的视角看“畏此简书”。《诗经·小雅·出车》：“岂不怀归，畏此简书。”《左传·闵公元年》引述说：“简书，同恶相恤之谓也”。《正义》说：“诸侯有事则书之于简，遣使执简以告命，告则须救。”而“畏”可训为“敬”。因而可以认为“敬简”出自“畏此简书”，以作州署的警示、策励。因为州相当于春秋时期的邦国，军州更驻有军队供指挥，可动武救助急难。

（二）为政宗旨：宅生、仓充丰济

宅生：位于端州上游的封州原由唐时任司马的李甘所建的宅生堂，后包拯四十年由知州李恩纯重建。《尚书·康诰》有“宅心知训”、“宅天命”两语表示“居心则知训民”、“顺天命”。后出的“宅生”却指寄托、托付生命和生计。唐开元三年，国内水旱灾害严重，张九龄向唐玄宗呈《上封事书》，认为地方上的刺史、县令职责重大，在当前“黎人（民）未息，水旱为忧”的局面中，“六合之间，元元之众，莫不悬命于县令，宅生于刺史”。他在《酬王履震游园林见诒》一诗中也称：“宅生惟海县，素业守郊园。”后来《元典章·吏部八·差委》也加以移载并补述：“亲民之官，民命之所由寄也。”攸关民命、民生所寄托，不容任何疏忽懈怠。标举宅生，宣示了崇高的意向和严格的要求。

仓充丰济：这两者是重农贵粟的宣示。《尚书·洪范》所规定的“农用八政”中，食和货摆在前二位。重农贵粟是中国农业社会时代各个王朝和流行学派所普遍主讲和推行的施政。《吕氏春秋·上农》引述《后稷》农书说：“古先圣王之所以导其民者，先务于农。”“所以务为耕织者，以为本教也。”西汉贾谊引《管子》所说“仓廪实而知礼节”，晁错指出“故务民于农桑，薄赋敛，广畜积，以实仓廪，备水旱，故民可得而有也。”② 仓充、丰济与上述两说完全吻合。其中“仓充鼠雀喜，草尽兔狐愁”，应是互文见义，以兔狐犯愁的假设，来做食物匮乏，连野生动物也难以幸免的理喻。而如果仓廪丰盈，那就鼠雀均沾其惠。至于“丰济”，更显出包拯与佛教所宣扬的“拯救”、“广济”、“普济”的差异。佛教那些“济”侧重精神上的慰藉，而“丰济”却以人们赖以生存的基本条件来设定救助的目标，不但要准备救济，而且要争取丰足地救济。

① 司义祖校订．宋大诏令集·劝农诏·戒励提转诏．北京：中华书局，1962.

② （东汉）班固．汉书·食货志．北京：中华书局，2007.

（三）施政依据：史册、枕书、相魁

史册和“枕书”的书，可视为各种载体的文献。无论是史册，还是“史牒”、“往牒”，都应包括前代的史、典、册、籍、牒、簿。古代有一种箱形的枕，腔内可藏物主嗜读的珍要书籍，以备随时翻检要言妙道、韬略诀窍，用以指引、策励，称为枕中书。与“枕戈待旦”一武一文，时刻不离身。“枕书”中时刻不忘前贤的要言妙道、韬略诀窍，与勿忘史册上的前贤遗训，是包拯谨遵传统的基石。

至于“相魁”，构词生僻，含意隐晦。如果以“相……省视也”；“魁”的大、首、帅等义项来解释，意义是不明的，如果把“魁”释义为星，就可以理解。北斗七星中天枢、天璇、天玑、天权四星组成的图形称为“魁”。《宋史·天文志》：“北斗七星……魁第一星曰天枢，正星，主天。”又说：“枢为天，主阳德，天子象。”又汉蔡邕《青衣赋》：“南瞻井柳，仰察斗机。”“斗机”是北斗七星别名之一，相魁应是仰察斗机的意思，也就是仰察皇上、恭候朝命的意思，用意在于凛遵诏谕。

（四）从政本色：清心、直道、秋霜、秀干、精钢

清心：它的先出义项用来表示佛教、道家所宣扬的恬静无欲的心境，到北宋，已应用于政治层面。与包拯同时代的范仲淹在致两个侄子的《与中舍二子三监簿四太祝》中说：“自家且一向清心做官，莫营私利。”“清心”已变为纯正之心、素洁之心的意思，表示做官不营私利，以此作“治本”，就与前人所宣示有所差异。秦代简书《为吏之道》是：“君鬼（怀）臣忠，父兹（慈）子孝，政之本殹（也）。”① 上述晁错《论贵粟疏》是：“粟者，王者大用，政之本务。”上述张九龄《上封事书》是：“欲理之本，莫若重刺史、县令。”“理”、“政”与“治”相通，但“本”的所指却有别。前者指实现治理的前提和基础，中者指施政的基本任务和主体任务，后者指实施治理的关键。包拯是从行政主体来说，“本”就是本体、主脑。实施《孟子·滕文公上》所说的“治人”和桓宽《盐铁论·本议》所说的“治人之道”，不存营私利之心就应是主脑。这样对从政者责己、律己，就已升华为格言。

直道：正直无曲之道。《论语》有多处论及直道，从不同方面进行阐释。

---

① 《睡虎地秦墓竹简》整理小组编．睡虎地秦墓竹简．北京：文物出版社，1978.

《卫灵公》:“斯民也,三代之所以直道而行也。”朱熹集注引尹氏曰:“岂得容私于其间哉?”《公冶长》:“孰谓微生高直。”朱熹集注引范氏曰:“是曰是,非曰非,有谓有,无谓无,曰直。”这样,它的对立面就是枉、曲、偏、邪。行用于政事,就如《颜渊》所说:“举直错诸枉,则民服;举枉错诸直,则民不服。”至于“身谋”的谋,应是如张田在《包孝肃奏议集·题辞》所说的“谋行忠入”的谋。就是在官言官,从自己的职责任务方面来谋划,而不仅是从个人的得失成败着想。这就与上述《为吏之道》巧合:“凡戾人,表以身,民将望表以戾真。表若不正,民心将移乃难亲。”[①]“精钢不作钩”的比喻,进一步加强了直道的说理。“秀干终成栋”又展示造就国家中坚的栋梁的抱负和期许。

秋霜:浓度最烈的霜。除比喻刚正忠烈和立心操守高洁以外,还比喻正直可敬的人品。包拯当时并没有遭遇威武、强暴、凌辱,为州堂命名秋霜,不大可能以节烈取意,理应从立心操守、行事正直取向。

二、政治理念的践行及其径迹

(一)经济民生实务

1. *在端州*

包拯知端州不足三年,而且很可能像他在《请选广南知州》奏议那样,是“独员管勾”,没有副手,也就是一个人包下来,但已开展一系列有益社会民生的实务,兴建了一批设施,并且取得明显的成效,都可与上述政治理念观照。

(1)迁建崧台驿,兴建丰济仓。

端州的前身高要县早在西汉就已经是西江上的主要城镇和驿行、运输系统的重要站场。汉武帝开始派驻番禺和高要的盐官,在岭南实施海盐官营生产和运销。其后相继设有鹄奔亭(鹊巢亭)、端州驿、崧台驿。包拯一举把崧台驿从城东石头顶迁至城西一里江边新建,同时创建丰济仓,这是影响本地深远的重大举措。当时按制应设田赋税粮、军粮、常平、义等仓,但这些专用仓到明代才见载,这就可以认为丰济仓是同体分储的较大型的仓库。

崧台驿在两宋间内设宋隆馆,在元代分设有递运所,相沿到明代,规模可观。内有石筑的码头、道路,有甬道、街道、马厩,常备有官船。设驿丞和吏各一来管理。当时从广州经广西至安南,经高州、雷州至海南岛两条主干驿路在此

① 《睡虎地秦墓竹简》整理小组编. 睡虎地秦墓竹简. 北京:文物出版社,1978.

交汇，是水陆两线的中转站。《一统路程图记·广东至安南水陆路》崧台驿下加注记“产端溪砚·漆”，提示这两种特产可供采购、付运，这就表明水陆兼行。除传统的邮传业务外，兼作民用。除人员的接待、交通之外，着重货运，兼理官商。基于因革，宋时的功能、设施、营运状况理应与元明时代大同小异。

包拯之所以易地新建，有着场地条件和社会经济背景等多种原因，其中的关键原因在于端州的生产发展，导致粮食和整个运输量增加，运力和仓储的需求迫切。

州治周围的旱峡和东南方隔江的东门坳从唐代开始逐步淤断，提供大面积可垦土地。在至道二年（996）和以前，已兴筑了金西围和榄江围①，面积达六七万亩。其后《元丰九域志》载，端州有主户 11 269、客户 13 834，客户比主户超出一千多户。而与包拯同时，提点广南东路刑狱的周湛清理过长江流域居民被诱拐来卖身为奴婢的案件②，因而可以认为这些客户起码有一部分是从事垦殖的移民，而不纯粹是佃农。围垦六七万亩，总年产在十万石以上，这在当时是一个可观的数目，同代广南东路一次赈济广南西路也不过 22 000 石。

端砚盛名潮起，当时如日中天，运销畅旺，端石远运至青州供制精石，连同传统的海盐和其他海产品、漆、丝帛、茶、香料、矿产品等的运量也在增加。

海南岛的开发和与安南交往的增强，使辐射区域扩大。包拯大力建仓扩驿站，实在是应时应世。

（2）治理环境，改善生活条件。

地志载包拯兴修水利，疏渠清障。打井以改善饮水，教百姓求医治病。实现“地方千里，不识盗贼，水疍山猺（瑶），熟化奔走，恩威并著，岁乃大和”。③

2. 在各地

在朝廷的三司、户部，在路、府、州的转运使、知府、知州等职位上，长期致力于财经、粮食、运输和其他经济实务的运作，都卓有成效。其奏议集中，仅《粮道》专题就有五篇。其他粮草、转运、发运、市场、市政等论议更多，都中肯、积极。在《请救济江淮饥民》、《请支义仓米赈给百姓》中，更高度关切，请求“即令画时将义仓米速行赈济，以济贫民”。其果断坚决，高度体现了宅生的理念。

---

① 中国科学院中国自然地理编委会．中国自然地理．北京：科学出版社，1982.

② （元）脱脱．宋史·周湛传．北京：中华书局，1985.

③ （元）王揆．肇庆郡龙图包公祠记．肇庆市志．广州：广东人民出版社，1996.

（二）军政吏治

在这方面富有创见的言论和卓著的政绩，也表明把相魁、节、敬筒等使命感贯彻始终。他根据在端州所了解的而连上《请选广南知州》、《请广南添差职官》两篇三章著名奏议，还作《论蛮事》二章，另在《请选人知虔州》中议“南雄瑶贼”的问题。又报告“广南州郡并无城壁及攻守之具，加之兵力绵薄无堪用者”，请求下令，“于逐州界首可控拒之处，相度置寨栅屯兵防拒，以警备之”。这不仅是有关当时岭南民族问题、军政制度、军备情况的实时珍贵文献，而且充分体现了镇圭、牙璋和“畏此简书”的理念。

（三）直道廉明

包拯标举的“直道”在一生的仕履中得到多色的判定。司马光认定是“俨有廉棱”、“刚而不愎”①；沈括认为“峭严”②；江少虞判定是“刚严，不可干以私”③；《宋史》本传评之为“性峭直”。还有“直臣”、“鲠直”、“忠直”，等等。

他的高度廉洁不但对己、对家人严行紧束，而且明载于家训。在端州“不持一砚归”和制止“缘贡”端砚，被其墓所出土的唯一普通砚台所实证，也足以表明他的“清心”老而弥坚。

三、结语

包拯在知端州期间首先标举的政治理念及其践行，有着政治文明方面的深刻意义。尽管其中属于经济实务方面已得到揭示的还不很多，有待深入发掘，但已被认知的一系列要言警语，千百年来已在政治、道德领域发挥了涤污去垢的强力作用。当今推动执政为民，反腐倡廉，仍然可以从中汲取发人深省的政治哲理，为政治文明建设大业服务。

---

① （宋）司马光．涑水纪闻（卷10）．北京：中华书局，1989.

② （宋）沈括．梦溪笔谈（卷22）．王云五等．丛书集成初编．上海：商务印书馆，民国24至民国26年排印本．

③ （宋）江少虞．宋朝事实类苑（卷23），上海：上海古籍出版社，1981.

后 记

曾经有人问我："你怎么会想到写包公呢?"我的回答是，有关包公的书，在全国可能不少，但在端州却为数不多，如果说到写端州的历史那就少之又少了。当然，写《包拯在端州》这本书主要基于两种原因：一是目前肇庆要建"包公文化园"，我与一班伙伴经常研讨包拯在端州的问题，深有感受，心头一热，觉得理应写点东西，这也是作为端州人应尽的本分。二是包拯在端州三年，故事不少，所有发生的故事都有发生的理由，能影响历史的人，也能让我们以史为鉴。但是，有多少人了解，又有多少人关注，我不知道。有一次我到学校讲课，让我感动的是，学生对包公其人及故事很热衷，而知之甚少，让我更加觉得写下包拯在端州的故事的重要性，不写就憋屈死了。

刚好，在去年，端州区政协主席伊建基要求我写一本书，我就以此书为献，第一次作为《端州文史》刊印发行了。毕竟发行有限，只有政协委员和机关部门单位的极少数人能看到，不过这也是我征求意见的好机会，因此我对书稿进行了修补，便于二次撰写。我不会忘记梁耀均、张思辉、陈敬就等同志为我深入研究包公文化创造机会和提供帮助。当然，在此我也要向肇庆市委、端州区委宣传部和支持本书编写、出版的同志们一并表示衷心的感谢。

谢健江

2014 年 4 月 18 日于端州文联

图书在版编目（CIP）数据

包拯在端州/谢健江编著．—广州：暨南大学出版社，2014.9
ISBN 978－7－5668－1072－4

Ⅰ．①包…　Ⅱ．①谢…　Ⅲ．①区（城市）—民间故事—作品集—肇庆市
Ⅳ．①I277.3

中国版本图书馆 CIP 数据核字(2014)第 143410 号

出版发行：暨南大学出版社

地　址：中国广州暨南大学
电　话：总编室（8620）85221601
营销部（8620）85225284　85228291　85228292（邮购）
传　真：（8620）85221583（办公室）　85223774（营销部）
邮　编：510630
网　址：http：//www.jnupress.com　http：//press.jnu.edu.cn

排　版：广州市天河星辰文化发展部照排中心
印　刷：广东广州日报传媒股份有限公司印务分公司

开　本：787mm×1092mm　1/16
印　张：8.75
字　数：170 千
版　次：2014 年 9 月第 1 版
印　次：2014 年 9 月第 1 次

定　价：25.00 元
